문학과지성 시인선 591

소리 없이
울다 간 사람

곽효환 시집

문학과지성사

문학과지성사에서 펴낸 곽효환의 시집

지도에 없는 집(2010)
슬픔의 뼈대(2014)
너는(2018)

문학과지성 시인선 591

소리 없이 울다 간 사람

펴낸날 2023년 10월 23일

지은이 곽효환
펴낸이 이광호
주간 이근혜
편집 유하은 김필균 이주이 허단 방원경 윤소진
마케팅 이가은 최지애 허황 남미리 맹정현
제작 강병석
펴낸곳 ㈜문학과지성사
등록번호 제1993-000098호
주소 04034 서울 마포구 잔다리로7길 18(서교동 377-20)
전화 02)338-7224
팩스 02)323-4180(편집) 02)338-7221(영업)
대표메일 moonji@moonji.com
저작권 문의 copyright@moonji.com
홈페이지 www.moonji.com

ⓒ 곽효환, 2023. Printed in Seoul, Korea

ISBN 978-89-320-4221-3 03810

문학과지성 시인선 591

소리 없이 울다 간 사람

곽효환

시인의 말

고되고 길었던 여정의 끝이
마침내 저 너머에 보이는 듯하다.
그러나 나는 안다.
이 여정의 끝에
새로운 시작이 기다리고 있음을.
아마도 역려에 들어
잠시 몸을 누이겠지만
오래지 않아 주섬주섬
다시 여장을 꾸릴 것임을.
그래왔듯이 그 길에서도 나는
계속해서 묻고 사유하고 걸을 것이다.

2023년 가을 삼성동에서
곽효환

소리 없이 울다 간 사람

차례

시인의 말

3부 우리는 다시 만날 것이다

해설

1부
숲의 나무들이, 그 정령들이 흘러간다

시베리아 횡단열차 3

우수리강은 지났을까
밤 10시 45분 원동의 항구도시를 떠난
시베리아 횡단열차에서
홀로 깨어 칠흑의 밤을 서성인다
해삼위라 불렸던 옛 말갈과 여진과 숙신의 땅
블라디보스토크를 떠난 야간열차는
간간이 멈추었다가 밤을 가르고 달린다
우수리스크 하바롭스크 울란우데 이르쿠츠크 크라스
노야르스크 노보시비르스크 예카테린부르크 그리고 모
스크바까지
일곱 번의 시차를 넘나드는 9,288킬로미터
대륙의 북쪽 가르는 철길을 따라
가없는 시베리아 벌판이 열리고 또 닫힌다
하늘에는 별들 가득하고
내가 기억하는 별자리들을
하나씩 더듬고 짚어나갈 때마다
빽빽이 늘어선 하얀 자작나무숲이 펼쳐지고
이 막막한 철길에 올랐을 붉은 얼굴들이
캄캄한 차창 밖으로 어른어른 흘러간다

기구한 삶을 이어나가기 위해

가족을 위해 더러는

독립과 민족과 자유를 위해

강을 건너고 산을 넘어

다시 더 멀고 더 깊은 대륙 저편으로

갔다가 돌아온 혹은 끝내 돌아오지 못한

그을린 붉은 얼굴들

나는 저 너머의 시간을 건너

오늘밤 섬섬히 빛나고 또 스러지는

몇천, 몇만 혹은 몇십만 년 전 떠났을

별들을 헤아린다 그리고

모든 것을 꽁꽁 얼려놓는 혹한과

질척질척한 혹서만이 한 몸처럼 존재하는

이 드넓은 붉은 벌판을

천형처럼 건너갔던 검은 그림자들이

어느 먼 시간을 건너

하나둘 별이 되어 돌아오는 검붉은 파노라마를 본다

차창을 사이에 두고 나도 그들도

하고 싶은 말도 묻고 싶은 말도

먹먹한 슬픔과 울음으로 삼키는 잠들지 못하는 밤
열차는 먼 곳으로 끝없이 흘러가고
광막한 시베리아 벌판에 붉은빛이 든다
긴긴밤을 지나
멀리서부터 아침이 온다

지신허地新墟 마을에서 최운보崔運寶*를 만나다

더디게 혹은 붉게 물들며 저무는 여름날 저녁
바다를 연한 북만의 땅에서
아직 떠나지 못하고 맴도는 검은 그림자를 본다

내래 솔가해 두만갠을 건너기 전 몇 해 동안 숭년이
계속되었소. 어느 해는 먹을 물도 구할 수 없는 가뭄이
들었고 어느 해는 계속되는 장매로 모든 게 쓸려 갔소.
곡식 한 줌도 거둘 수 없었고 버덕에도 두기에도 더는 먹
을 수 있는 것이라곤 없었소. 그리고 흉흉한 소문이 바람
을 타고 북관 전역으로 스멀스멀 번져갔다오. 너무도 배
가 고팠고 또 무서웠소. 그 속에서도 살겠다고 건너서는
안 된다는 두만갠 너머로 가 도독 용새를 짓고 돌아오는
먹킹이들이 하나둘 늘어났소.
그리고 그해 저울, 수없이 망설이다가 달이 없는 칠흑
의 저울밤을 택해 더 무섭다는 곳으로 떠났소. 꽁꽁 언
두만갠 유역에서 류진 경흥에서 왔다는 먹킹이들과 함
께 갠을 건넜소.

활처럼 휘어 흐르는 강을 따라 형성된

14

산으로 둘러싸인
들풀만 가득한 분지의 평원

여러 개의 붉은 두기를 넘어 우리가 도착한 곳은 갠물이 굽이쳐 흐르는 두기에 둘러싸인 분지였소. 북만의 계심하鷄心河인 줄 알았는데 몇 해 전 아라사령이 되어 티진헤*Tizinhe*강이 되었다고 했소. 이미 살고 있던 중국 먹킹이들을 따라 우리도 지신허라고 불렀소. 우리는 아라사 수비대 대장을 찾아가 이곳에 살게 해달라고 사력을 다해 애원하고 읍소했소. 그 덕에 열세 가구 예순 명쯤 되는 먹킹이들이 정착할 수 있었소.

우리는 갠가에 땃집을 짓고 눈포래 속에 첫 저울을 났소. 여러 먹킹이들이 굶어 죽거나 얼어 죽었지만 부둥켜안고 서로의 체온으로 추위를 버텼소. 마침내 혹한이 지나고 북관보다 더 늦게 봄이 왔소. 우리는 수한던갈이를 하고 물을 끌어오고 씨갓을 뿌리고 쉼 없이 수던과 한던을 오고갔소. 그렇게 고된 녀름이 지나고 가슬걷이를 마치자 땃집이 하나둘 예영집이 되었고 파리했던 검은 얼굴에 비로소 핏기가 돌기 시작했소.

맷돌과 연자방아와 항아리, 질그릇과 기와 조각들
그리고 드문드문 눈에 띄는 주춧돌들

뒤이어 찌들고 얼룩진 흰옷 입은 더 많은 먹킹이들이
남부여대하고 오고 또 왔소. 따이와 집을 잃은 먹킹이들,
어시를 혹은 성제를 잃은 먹킹이들, 그리고 나랑을 잃은
먹킹이들이 순서 없이 갠을 건너 밀려왔소. 감당할 수 없
이 많은 먹킹이들로 마랑은 아수라장이 되었고 여기서
도 굶어 죽는 먹킹이들이 생겨났소.
먼저 온 먹킹이들은 나중에 온 많은 먹킹이들을 위해
다시 길을 떠나 새로운 마랑을 세웠소. 점점 더 많은 먹
킹이들이 밀려오고 조선인 마랑은 점점 더 늘어났소. 시
지미 안치혜 연추 묵허우 해삼위 툴남위 하마탕 수청 추
풍 하발포 니항 아지마 소왕령 그리고 더 멀고 깊은 연해
주 곳곳으로.

이곳이 집터였고 마을이었음을 어림하게 하는데
군사 지역이라 더는 들어갈 수 없다

나도 그때 수이펀으로 떠나 새로운 조선인 마랑을 개척했소. 이때 더는 굶주리며 가난하게 살지도 두려움에 떨며 목숨을 구걸하지도 않겠다고 결심했소. 그래서 아라사 말을 배우고 그들과 일하기 위해 통사가 되었소. 아라사군과 관리들을 만나 일감을 얻어 조선인들과 연결하고 또 조선인들의 소원을 전달했소. 이곳에 온 먹킹이들도 나도 즘새 같은 삶에서 벗어나겠다는 생각 하나로 악착같이 살았소.

그렇게 몇 해, 자리 잡은 먹킹이들은 학교를 세우고 신문과 잡지를 펴냈소. 나랑을 잃고 버려지고 흩어진 먹킹이들이 힘을 모아 총을 들고 두만갠을 되짚어 진군하기도 했으나 곧 패퇴했소. 하지만 자유와 독립을 위한 꿈만은 접지 않았소. 나랑은 우리를 방기했지만 우리는 나랑을 잊지 않았소. 더 큰 힘을 자래워 맞서려 했고 마침내 임시정부를 세우기도 했소. 힘이 부치면 두기로 더 깊은 두기로 숨어들어 빨치산이 되기도 했소. 먹킹이들이 무수히 죽어갔지만 좌절하지도 포기하지도 않았소. 본래 빈손으로 왔기에 더는 잃을 것이 없었고 계속되는 설움과 슬픔, 분노와 치욕으로 우리는 점점 더 단련되어갔소.

북관 무산에서 맨 처음 이곳에 왔다는
그래서 차마 이곳을 떠나지 못한다는
눈빛 형형한 한 사내

그렇게 단련된 삶 속에서 아이를 낳았고 그 아이들이
다시 그다음 아이들을 낳았소. 그러던 어느 날 이곳 먹킹
이들에게 청천벽력 같은 당의 명령이 떨어졌소. 메츨 후
중앙아시아로 이주하라고 했소. 영문도 이유도 알 수 없
었소. 누구는 조선인 밀정 때문이라고 했고 누구는 일본
인과 조선인을 구분할 수 없기 때문이라고 했소. 마랑 지
도자들과 의심스러운 먹킹이들은 붙들려 가거나 행방을
알 수 없었고 더러 항의하며 맞서보기도 했지만 소용없
었소. 당과 군의 서슬 퍼런 위세에 제대로 저항도 못 해
보고 떠날 수밖에 없었소.

불과 메츨 동안 서둘러 짐을 꾸렸소. 집과 따이, 가축
과 가재도구, 소중하고 정들고 사랑하는 많은 것들과 기
약 없는 이별을 하고 한 번도 상상해보지 못한 머나먼 곳

으로 가는 끝이 보이지 않는 화물렬차에 올랐소. 그렇게
우리는 다시 한번 즘새가 되어 먼 곳으로 실려갔소. 중앙
아시아의 우슈토베로, 크질오르다로, 알마티로, 타슈켄
트로, 사마르칸트로 혹은 더 먼 곳으로.

　　　낮과 밤을 잇는 경계의 시간은 점점 기울고
　　　설핏설핏 어른대며 빈 들을 넘나드는
　　　야윈 검은 얼굴에 드리운 그늘을 읽는다

　　나는 북쪽에서의 그 마지막 풍경에 차매 눈감을 수 없
어 검은 구름재가 되었소. 그리고 끝내 돌아오지 못한 내
자식들과 젙갓들을 기다리고 기다렸소. 그날 이후 이곳
은 새로 이주해 온 아라사인의 따이가 되고 또 군사 지역
이 되었소만 꽁꽁 언 손으로 혹한과 차별을 견딘 시름 많
은 위운 뎌구리와 하빗바디를 입은 그 먹킹이들이 돌아
오지 않았는데 어디로 갈 수 있단 말이오.

　　　가도 가도 붉은 땅이었는데
　　　다시 울며 건너는 붉은 땅이다

나는 조선에서 건너온 첫번째 아라사 먹킹이요. 굶주림과 호위를 피해 두만갠을 건넜지만 나와 아바이와 큰아바이의 고향은 북관이고 내 가슴엔 여전히 고된 조선의 피가 뜨겁게 흐르오만 목숨을 걸고 다시 뿌리내린 이곳이 나의 새로운 고향이오. 이제 내가 살던 집과 마랑은 사라지고 그 흔적마저 아숭쿠레하지만 나는 떠날 수 없소. 수없이 울고 슬퍼하고 좌절하면서도 더러는 웃고 지뻐하고 또 실오래기 같은 희망을 찾아 떠난 이곳을 들고 나고 거쳐 간 먹킹이들의 아프고 슬픈 력사를, 그 기억을 지키기 위해.

* 1863년 12월 함경북도 무산 출신 최운보와 경흥 출신 양응범梁應範이 열세 가구의 농민을 이끌고 연해주 포시예트 구역에 지신허 마을을 개척하고 조선인으로서는 처음으로 영구 정착하였다.

** 갠: 강 /숭년: 흉년 /장매: 강풍에 따라오는 흙비 /버덕: 들 /두기: 산 /도독 용새: 도둑 농사 /먹킹이: 사람 /저울: 겨울 /땃집: 움집 / 눈포래: 눈보라 /수한던: 논밭(수던水田은 논, 한던旱田은 밭) /씨갓: 씨앗 /가슬걷이: 가을걷이 /예영집: 초가집 /따이: 땅 /어시: 어버이 /성제: 형제 /나랑: 나라 /마랑: 마을 /즘새: 짐승 /자래우다: 기르다 /차매: 차마 /구룸재: 그림자 /절갓: 이웃 /위우다: 희다 /더

20

구리: 저고리 /하빗바디: 홑바지 /호위: 두려움 /큰아바이: 할아버지 /아숭쿠레하다: 어슴푸레하다 /지뻐하다: 기뻐하다.

라즈돌노예역*에서

땅거미 짙게 깔린 여름날 늦은 저녁
인적 끊긴 파스텔톤 단층 간이역사驛舍
텅 빈 플랫폼에 서서
끝없이 화물칸을 매달고 달리는 열차를 본다
그날 이 원동의 역사에서 벌어진
지워지지 않는 살풍경이 어둠 속으로 흘러간다

집총한 굳은 얼굴의 군인들이 지키는
횃불을 밝힌 삼엄한 역사
끝이 보이지 않는 화물열차 칸칸마다
울부짖는 혹은 두려움에 떠는 사람들 가득하다
들고 메고 이고 지고 온 짐들과
서로를 안고 업고 부축한 사람들이
짐승처럼 실린 2층으로 나뉜 화물칸
떠날 수 없다고 읍소하고 매달린 혹은
맞서 대들다 붙들려 간 몇몇 사람들은
끝내 돌아오지 않았다

어둠이 내려앉은 저녁 8시 15분,

시름과 한기 가득한
지붕 없는 화물열차는 기적을 울리고
70년을 넘게 정착했던 터전을 뒤로하고
점점 더 차갑게 식어가는 시베리아 대륙을 지나
막막한 초원과 사막을 지나
먼 곳으로 더 먼 곳으로 간다

추위와 굶주림에 떨던 갓난아이들과
어린아이들이 먼저 주검이 되고 뒤이어
병약한 노인들의 몸뚱이가 차갑게 식어간다
시신을 묻기 위해 잠시 멈춘 간이역
물과 먹을 것을 구하러 열차에서 내렸던 사람들이
총에 맞아 이름 모를 벌판의 원혼이 되었다

같은 날 밤 11시 골렌키역 그리고
밤 11시 15분 노보벨리마노프카역
이튿날 오전 11시와 밤 10시 55분 예브게네브카역에서
더 많은 화물칸을 이어 붙인
아비규환의 설국열차가 출발한다

그 후로 매일매일
원동에서 갈대만 무성한 반사막 중앙아시아로
풍성했을 가을에서 혹한으로 가는 이주열차는
연해주 구석구석의 흰옷 입은 사람들을
빠짐없이 싣고 시베리아 벌판을 건넌다

기적 소리 어둠 속에 아득히 멀어진다
가난하고 슬프고 시름 많은 삶을
억척스럽지만 어질게 산 사람들은
그렇게 가고 그 잔상도 마침내 사라진다
희미하게 비껴들던 붉은빛 스러진
빈 역사 바람벽에 기대어 나는
홀로 우두커니 서 있다

* 스탈린의 강제 이주 정책에 따라 1937년 9월 초부터 12월 말까지
연해주에 거주하던 고려인 약 18만 명이 중앙아시아로 강제 이주되
었고, 1937년 9월 10일 저녁 8시 15분 남우수리스크 라즈돌노예역
에서 고려인들을 실은 열차가 출발했다.

아무르강의 붉은 꽃

국경을 따라 흐르다 북동으로 물길을 트는
붉게 혹은 검붉게 물드는
하바롭스크 아무르 강가에서
연해주의 들꽃 같은 소녀였고
두 아이의 엄마였고
고향 마을 소학교 교사였으나
돌연 스물아홉에 홀로 우랄스크 지방으로 간
꺼지지 않는 심장을 가진 조선의 여인을 만난다

가녀린 몸에서 사자후를 토해내며
노동자들에게 밀린 노임과 자유를 안기고
방기된 청년들의 가슴을 다시 불타게 하고
갈라진 조선인들에게 다시 독립을 꿈꾸게 한
강인해서 아름다운 북관의 여인

자유를 위해 나고
자유를 위해 일하고
자유를 위해 죽어*가며
세상에서 가장 가련하지만

가장 경애하는 겨레가 전부였던
최초의 조선인 볼셰비키

골고다 언덕의 예수처럼
죽음의 골짜기에서
강도범들과 함께 총부리에 스러져
아무르강 가장 깊은 곳에 잠든
서른넷의 붉은 꽃이여
이제 더는 잠들지 말라
오늘밤, 붉은 강 가장 깊은 수심을 따라
그대 끝내 가지 못한 블라고베셴스크에
나 함께 갈지니

* 뒤바보의 글 「김알렉산드라 소전」(『독립신문』 1920년 4월 17일 자)
에서 인용.

김알렉산드라* 소전小傳

오랜 흙비로 한 줌의 곡식도 추수하지 못했고
흉흉한 소문을 탄 공포가 습기처럼 에워싼 그해
빈농의 아버지는 두만강변에서 나룻배에 몸을 실었다
북관 경흥에서 노령 지신허 마을로
그리고 다시 추풍 영안평으로 이주했다
인부를 모집하고 물품을 납품하는
청부업자이자 통사가 된 아버지는
수이편 강가 조선인 마을에 자리 잡고
소중한 딸을 낳았으나 대신 사랑하는 아내를 잃었다
홀아비 손에 들풀처럼 자란 아이는
아름답지만 강인한 들꽃 같은 소녀가 되었다

열
동중 철도 통사로 일자리를 얻은 아버지를 따라
만주로 갔으나 의지가지없는 고아가 되었다
급사한 아버지의 폴란드인 친구 손에 맡겨져
고향 마을로 돌아왔다

열일곱
흰 저고리에 검정 치마 곱게 빗어 땋은 긴 머리

웃음을 잃지 않았던 작고 야윈 조선인 소녀는
블라디보스토크의 여학교와 사범학교를 마쳤다
자유와 평등과 공동을 가슴에 뜨겁게 품고
고향 추풍의 소학교 교사가 되었다
아버지 대신 키우고 돌봐준 아버지 친구의 아들과
가정을 이루어 김 알렉산드라 스탄케비치가 되고
두 아이의 엄마가 되었다

스물아홉
홀로 기차에 올라 우랄스크로 갔다
차별과 억압과 착취의 굴레 속
조선인 노동자들의 통역관이자 대리인이 되어
지역 공장주들과 귀족들을 만나고 또 만났다
지하 혁명당원이 되어
가슴에 품은 총을 뽑고 싶은 마음을 수없이 억누르며
거대한 권력과 자본과 기득권에 의연히 맞선 끝에
수만의 조선과 중국의 노동자들에게
밀린 노임과 자유를 되찾아주었다

서른셋

조선인 최초의 볼셰비키가 되었다
가녀린 몸에서 사자후를 토해내어
무력한 노동자들에게 혁명을
방기된 청년들의 가슴에 불같은 용기를
갈라진 조선인들에게 다시 독립을 꿈꾸게 하며
원동의 인민들이 사랑하는 붉은 지도자가 되었다

서른넷
조선의 독립을 위해
반제와 반전, 사회주의혁명에 몸을 던졌다
최초의 조선인 사회주의정당
한인사회당의 산파가 되어
흩어지고 갈라진 민족운동 지도자들을 규합하였다
조선인 적위대의 일원으로 러시아 적군과 함께
반볼셰비키 백위파군에 맞서 싸웠으나 패퇴하였다
다시 시작하기 위해
하바롭스크에서 블라고베셴스크로 가는
마지막 탈주선에 올랐으나 백위파군에 붙잡혔다
볼셰비키를 배반하라는 회유를 끝내 거절하고
아무르강 죽음의 계곡에서

강도범들과 함께 총살당했다

연해주와 시베리아 대륙 마을마다
억압받는 이들을 위한
자유의 씨앗을 뿌리고
세상에서 가장 가련하지만
가장 사랑하는 겨레의 독립이라는
기적의 꽃을 피우고자 했던
그것이 이념이고 주의主義고 전부였던
서른넷의 붉은 여인은
시베리아 붉은 대륙을 가르며
붉게 더 붉게 흐르는
아무르강 가장 깊은 곳에 잠들었다
골고다 언덕 예수의 최후처럼

* 김알렉산드라(1885~1918). 본명 김 알렉산드라 페트로브나. 조선
인 최초의 볼셰비키로 1910년대 원동 시베리아에서 활동한 여성
혁명가.

시베리아 횡단열차 4

검푸르고 시린 어둠을 헤치고 하얼빈 가는 길
블라디보스토크를 떠난 밤 열차는
서쪽으로 혹은 서서북쪽으로 북만을 가로지른다
10월인데 어느새 서리가 몇 번 내리고
하얀 눈 소복이 쌓인 우수리스크를 지나
수척해진 수이펀강을 건널 무렵
예 어디 있었을 육성촌을 어림하며
이 강을 건너오고 건너간
어질지만 시름 많은 사람들의 흔적을 더듬는다

모두가 잠든 시간 불 꺼진 객실에
홀로 잠들지 못하고 꼿꼿이 정좌한 사내와
그에 기대어 뒤척이는 또 다른 사내를 본다
가장 사랑하고 의지했을 어딘가 닮은 듯한 그러나
시베리아로 혹은 남쪽 항구로 갈라지는 분기점에서
엇갈리고 갈라지는 운명의 그림자가 어른거린다
그 밤도 열차는 오늘처럼 무심히 동청철도를 달렸으
리라
　창밖으로 이른 눈발 탐스럽게 날리고

가지마다 상고대로 하얀 눈꽃을 피운
숲의 나무들이, 그 정령들이 흘러간다

오늘처럼 잠 못 이루고 서성이며
길고 혹독한 겨울과 질척질척한 짧은 여름을
수없이 건너가고 건너온 뭇사람들의
엇갈리고 뒤틀리고 사나운 그 밤도
섬섬히 반짝이는 별들만이 희망이었으리라

우랄산맥을 지나 예니세이강을 건너
마침내 얼지 않는 항구까지
먼 서쪽에서부터 원동을
유령처럼 오고 가는
시베리아 횡단열차의 궤도는
과거와 현재와 미래의 꼬리를 물고 있다

불편한 진실
— 연해주 라즈돌노예와 백두산 밀영

우수리스크와 블라디보스토크의 중간쯤 위치한 작은 역사驛舍에서 멈춘 발걸음을 돌리기는 참으로 어렵습니다 짐승처럼 화물칸에 실려 울부짖는 흰옷 입은 사람들과 기적 소리가 뒤엉킨 그날의 잔영이 어둠 속에 좀체 지워지지 않습니다 한참을 서성이다 멀지 않은 곳에 북한인민군의 모체가 된 '소련 원동방면군 제88보병여단'이 있었다는 곳으로 무거운 발걸음을 옮깁니다

Ulitsa Lazo, 88, Razdol'noye, Primorsky Krai, Russia
러시아 연해주 라즈돌노예 라조 거리 88번지

라즈돌노예역에서 큰길을 따라 동쪽으로 5백여 미터쯤 가서 북쪽으로 난 골목 안쪽의 커다란 2층 붉은 벽돌 건물 일본군의 대대적 토벌로 궤멸 위기에 처한 만주의 동북항일연군이 1940년 10월 23일 국경을 넘어 하바롭스크 인근 뱌츠코예 마을의 북야영北野營과 이곳 라즈돌노예 마을의 남야영에 수용되었다고 합니다 1942년 7월 중순 뱌츠코예에 남·북야영을 통합한 제88국제여단이 창설되기까지 동북항일연군 대장 김일성이 아내와 이 붉은

벽돌 건물에서 군인들과 함께 거주했고 이곳에서 아들 김
유리 이르세노비치를 낳았다고 합니다 그가 훗날 아버지의
대를 이어 북한을 통치한 김정일 국방위원장이라고……

　문득 2005년 남북작가대회 때 방문했던 백두산 밀영
이 떠오릅니다 군복을 입은 여성 안내원이 이 지역은 위
대한 수령 김일성 동지께서 아내 김정숙 동지와 생활하
며 항일운동을 하시던 곳이고 이 귀틀집은 항일 정신과
백두산의 정기를 받은 백두 혈통으로 김정일 장군님이
태어나신 생가라고 이를 기리기 위해 산봉우리에 '정일
봉'이라는 붉은 글씨를 아로새겼다고 자랑스럽게 말을
이어갑니다

　연해주 라즈돌노예 남야영과 백두산 밀영,
　그리고 튼튼해서 아름다운 군복 입은 안내원 여성을
떠올리며 쉬 가시지 않는 불편한 마음을 달랩니다 오늘
밤 오래된 사진첩을 열어 맑고 순박하고 단호한 얼굴의
그녀를 불러 백두산 밀영에서 국경 넘어 연해주까지 다
녀와야겠습니다

만선열차

옛사람을 찾아가는 북방의 길
긴긴 여름날도 기울어
안개 같은 어둠에 싸인 장춘역
먼 곳으로부터 왔을 밤 기차는
만주에서 더 깊은 만주로 혹은
어느 먼 변방으로 천천히 흘러간다
창밖으로 끝없이 펼쳐진 벌판
하나둘 불 밝히기 시작한
지붕 낮은 집들의 그림자 흐려지고
오래전 싸늘한 만선열차에 올라
철도가 닿는 만주 어디쯤 머물거나 살았을
어린 송아지의 눈을 가진 사람들을 생각한다
북으로 북만으로 다시 북새北塞로
거기서 다시 북동이나 북서로
더러는 더 멀리 흩어진 붉은 길에
허기처럼 밀려오는 이름들을 차례로 불러본다
염상섭 안수길 이육사 백석 윤동주 송몽규
그리고 순이 혹은 월이라고 부른
그리운 무명의 사람들

늘 봄이고자 했던 북만의 도시
그러나 끝내 봄이 아니었던
지워지지 않는 그늘과 슬픔이 차창에 맺혀
북만을 가르는 열차에 실려간다

붉은 그림자

예로부터 여러 민족이 모이고 또 흩어진

북방의 중심 심양

만주족의 성지였고

만주국의 심장이었던 도심의 중산中山광장

중화민국을 일으킨 손문의 호를 딴 광장에는

중화인민공화국을 세운 모택동이 서 있다

인민들이 결사 옹위한 기단 위에

뜨거운 여름날에도 차마 무거운 코트를 벗지 못하고

오른팔을 치켜든 거대한 전신 동상이 홀로 지키는

광장은 만주국 시절 일본식 건물들로 둘러싸여 있다

거대한 지도자 전신상의 광배가 된

선양시 총공사의 과거는 동양척식주식회사

만주철도 봉천 지방 사무소였던 심양철로빈관

야마토여관이었던 요령빈관

요코하마정금은행이었던 공상은행 중산광장 지점

봉천경찰서였던 심양시 공안국

일본조선은행 봉천 지점이었던 화하은행 중산광장 지점

미쓰이빌딩이었던 초상은행 중산광장 지점

광장을 에워싼 건물 사이사이
방사형으로 뻗어 나간 도로를 따라
세월은 흘러가도 기억의 유전자는 남아 있다

여기서부터 뻗어가고 되돌아온
그래서 모든 것이 뒤섞여 공존하는
혼돈과 혼재, 포용과 초월, 경계와 탈경계
더디게 오는 여름날 어둠을 따라
뒤섞인 북만의 근대, 현대, 당대의
붉은 그림자들 뿌옇게 흐려진다

장춘에서 백석을 찾다

회색 땅거미가 더디게 내려앉는
북방 도시의 여름 저녁
가난하지만 외롭고 높고 쓸쓸하고자 했던
사내가 얹혀살았다는
한 평 남짓 토굴 같은 집의 흔적을 찾아 서성인다
옛 신경시 동삼마로 시영주택 35번지 황씨 방,
이제는 동삼마로 33번지부터 42번지를 통합했다는
장춘시 남관구 장통종합대시장 건물 주변은
여전히 가난한 사람들의 남루한 삶이 북적이지만
내가 찾는 이의 자취는 없다

초승달과 바구지꽃과 짝새를 사랑했으나
만주국 측량 보조원으로 혹은 세관원으로 살았던
가슴에 무서운 비애와 적막을 품고
요설 대신 고요히 생각하며 침묵하고자 했으나
동삼마로 토굴집과 러시아인 마을과
다시 동삼마로 작은 의원 건물 2층을 전전했다는
그는 어디에 있을까

만주국 수도에서 오족협화의 그늘 깊은 시대를 살다 간
최남선 염상섭 안수길 박팔양 박영준 그리고 그 사람
서럽고 고단하고 얼룩지고 더러는 굴절된
슬픈 그림자들이
쇠리쇠리한 석양빛 아래 붉게 흐려지더니
이내 뿌옇게 흩어진다

뿌연 먼지 속 한길이 설핏 열렸다 닫힌다
측량도 문서도 제국의 아전 노릇도 그만두고
석 섬지기 밭을 얻은 마을의 눈 녹는 밭두둑을 걸어
촌부자 노왕과 도란도란 이야기하며 도랑을 건너고
나귀와 노새를 타고 앞서거니 뒤서거니 하던
잠시나마 흥에 벅차오르던
그 길은 어디에 있을까

뿌옇게 수증기 서린 조당澡塘의 사람들이 아른하다
털 없는 민숭민숭한 다리를 한 물통에 담그고
벌거벗은 몸을 녹이며
나주볕을 한없이 바라보며 생각하던 도연명과

은이며 상이며 월이며 진이며 하는 나라 사람들은
그 훗자손들은 지금 어디에 있을까

재개발 공사가 한창인 흙먼지 날리는 거리에서의
이 낯익은 외로움과 쓸쓸함은
그러나 조금은 우습고 무섭기도 한
이 맑은 슬픔은
이 먹먹한 마음은 어디에서 오는 것일까

* 백석의 산문 「조선인과 요설」(『만선일보』 1940년 5월 25~26일 자),
  시 「귀농」과 「조당에서」(『정본 백석 시집』, 고형진 엮음, 문학동네,
  2007)를 참고, 인용.

해란강은 알 것이다

장춘을 떠난 열차는 대홍안령大興安嶺을 등지고
끝없이 펼쳐진 옥수수밭을 달린다
길림을 지나 돈화 안도 그리고 연변
듬성듬성 이어지는 낯익은 작은 마을들
빨갛고 파란 슬레이트 지붕
작은 천과 개울을 흐르는 황톳빛 물줄기들
회백색으로 반짝이는 백양나무 군락들 그리고
천년을 두고 북간도 평강평야를 적시는
어디서 본 듯한 강의 풍경들

강은 기억할 것이다
아득한 시절 맨 처음 터 잡고
말달리던 드넓은 광야의 때를
몸 비비며 살던 땅을 등지고 앞대로
더 먼 앞대로 내려온 잃어버린 먼 때를
강과 책성柵城 사이
사잇섬〔間島〕 농사지으러 간다던 때를
두만강을 건넌 사람들이
한 줌 씨 뿌리고 거둘 곳을 찾아 떠돌던
오색기와 태양기가 춤*추던 어지러운 때를

강은 알고 있을 것이다.
이 강에 깃들어 살던 사람들이
흘러온 때와 신고 온 사연을
그 사람들이
다시 강을 건너 더 먼 북쪽으로 흩어진
가슴에 새겨진 서러움과 순연한 슬픔을

어느새 여름날도 기울어
저녁달이 흐린 얼굴을 내미는데
여기서 조금 더 가면
선바위 고개 넘어 동주네 집이고
이 물길 따라 조금만 더 가면 두만강일 텐데
오늘밤 강을 건너
회령, 종성 투박한 관북 사람들과
밤새 통음하고픈 마음을
해란강 너는 알 것이다

* 윤동주의 시 「이런 날」에서 인용.

중국조선족애국시인 윤동주

북간도 명동촌 윤동주의 집에 왔다
'중국조선족애국시인 윤동주 생가
中國朝鮮族愛國詩人 尹東柱 故居'
굵고 검은 글씨로 나란히 새긴
커다란 자연석 앞에 잠시 길을 잃었다
그보다 전에 세운 소박한 작은 입석 두 개에
'윤동주 생가'와 '尹東柱 故居'라고
2007년 12월 28일 연변 조선족 자치주 중점 문화재가
되었고
2014년 10월 25일 룡정시 인민정부가 세웠다고
빛바랜 붉은 글씨가 멋쩍게 집의 이력을 밝히고 있다

이국 북간도에서 나서
조국 서울에서 대학 공부를 마치고
남의 나라에서 무시무시한 고독 속에
슬픔과 분노를 가슴속 깊이 침전시키며 죽어간
죽는 날까지 한글로만 시를 쓴 청년이
이제 중국조선족애국시인이 되어 있다

두만강을 건너온 회령, 종성 사람들이 터 잡은

장백산맥 지맥이 사방을 감싼

가랑나무 우거진 아늑하고 커다란 마을

교회당 옆 큰 기와집 윤씨네 큰아들은

교회당 꼭대기 십자가에 걸린 햇빛을 보며

첨탑 끝에 매달린 시대를 괴로워했을 텐데

소수민족도 국경도 모르던 시절 나고 죽었을 텐데

어둠이 짙어가는 명동촌

동주네 집과 몽규네 집 사이 길목에서

우두커니 서서 기다린다

다음 도착하여야 할 시대의 정거장*을

* 윤동주의 산문 「종시」에서 인용.

여기서부터 만주다

끝날 것 같지 않던 드넓은 강낭밭도 멀어진 지 오래
하얼빈에서 만저우리〔滿洲里〕로 가는 빈저우〔濱洲〕철
도는
밤을 가르며 북으로 서북으로 혹은 서쪽으로 흘러간다

헤이룽강〔黑龍江〕과 쑹화강〔松花江〕의 분수계를 이루며
서로 서남으로 뻗어나간
평퍼짐한 초원을 품은 거대한 다싱안링〔大興安嶺〕을
넘어
밤새 내달린 야간열차가 어둠을 밀어내며 닿은
거대한 얼음이 녹는 땅*
길고 혹독한 겨울 속에 잠시 여름이 머무는
이곳에서 멀지 않은 곳에
오래전 먼 앞대로 가는 나를 붙잡아
울며 멧돌을 잡아 잔치해 보내던**
눈물 많은 오로촌 마을이 있을 것 같고
동호 흉노 선비 거란 여진 몽골이 밀려오고 밀려가며
뒤섞여 살던 삶터도 있을 것 같은
아득한 그리움과 아쉬움을 안고

다시 강과 평원을 건너 나는
북방의 가장 멀고 깊은 곳으로 간다

마침내 북방 그 끝에 왔다
사행하는 어얼구나강〔額爾古納河〕 이쪽과 저쪽으로
거대한 두 경계가 팽팽히 마주한
대륙의 가장 깊은 항구 헤이산터우커우안〔黑山頭口岸〕
드넓게 펼쳐진 초원에 몽골인의 게르만 듬성듬성 있던
무명의 촌락이었던 만저우리 그러나
시베리아 벌판을 지나 강을 건넌
멀리서 온 파란 눈의 사람들에게
여기서부터 만주는 시작된다

누군가에겐 대륙이 끝나고
누군가에게는 대륙이 시작되는 이곳에서
나는 강의 운명을 생각한다
흘러 들과 산을 적시고
새와 짐승과 나무를 불러 품어왔으나
어느 날 침묵 속에 날 선 국경이 되고 만 강

하여 오늘밤 나는

대륙을 경계 지으며 사행하는 강줄기를 타고 놀다

앞서 이 강과 벌판을 건넌 사람들을 차례로 불러낼 것

이다

그들과 함께

하늘 가득한 별들이 쏟아내는 길을 따라

더 멀고 망망한 대륙의 벌판으로 건너가

끝이면서 시작이고 아니 시작도 끝도 없는

처음의 그것으로 돌려놓을 것이다

들판은 다시 들판으로

강은 다시 강으로

* 중국 네이멍구 자치구인 후룬베이얼〔呼倫貝爾〕에 있는 구區 하이
  라얼〔海拉爾〕은 몽골어로 '얼음이 녹는다'는 뜻이다.
** 백석의 시 「북방에서」(『정본 백석 시집』, 고형진 엮음, 문학동네,
   2007)를 변용.

국경에서 용악을 만나다

다싱안링산맥 서쪽 기슭에서 발원하여

서쪽으로 흘러 러시아와 옛 몽골을 가르는 어얼구나강

멀리멀리 북동쪽으로 돌아

마침내 헤이룽강이 되고 아무르강이 되는

국경이 되어 흐르는 물길 앞에 서다

시월이면 함박눈 펑펑 쏟아져 쌓이고

혹한의 밤 깊으면

번뜩이는 이쪽과 저쪽 총구 아래

또렷이 물 흐르는 소리만 들리는

폭탄을 품은 젊은 사상이 유령처럼 나타날 것* 같은

국경의 강안에서 나는

차마 눈감지 못하는 사내를 본다

목숨을 건 삶들이 건너가고 건너왔을

지금도 계속되는 시름 많은 시대의 강가에서

터지는 울음을 애써 삼키는 북관의 사내를 보며

나도 운다

* 이용악의 시 「국경」(『이용악 전집』, 곽효환·이경수·이현승 엮음, 소명
  출판, 2015)에서 인용.

2부

그날 그 시간 그곳엔 나와 신만이 있었어요

장강에서 버드 비숍을 만나다

대륙의 서쪽

가장 높은 고원에서 발원하여

가장 깊은 계곡을 지나

가장 멀리 흘러 바다를 맞는

강은 또 다른 길이다

유구하지만 고단하게

무수한 삶과 생명을 잇고 싣고 나른

금사강金沙江이고 천강川江이고 형강荊江이고 양자강揚子江이고

탁한 황색 얼굴을 한 신성한 길이다

고원과 평원, 산맥과 협곡, 사막과 초원을

거대한 물굽이를 이루며 사행하는

이 강에서 나는 이사벨라 버드 비숍*을 만난다

환갑이 훨씬 넘은 나이에 처음 조선을 방문한 그녀

부산 서울 인천 파주 개성 평양 그리고

두만강 건너 북만과 시베리아 한인 마을까지

4년간 네 차례에 걸친 멀고 긴 발길은

혐오를 애정으로

절망적 운명을 잠든 가능성으로 바꾼
전환의 마법이었음을 나는 기억한다

수많은 지류가 흐르고 만나며
수많은 사람들이 만나고 헤어지며
더불어 혹은 깃들어 살아온
이 거대한 강이 실어 온 긴 이야기들을
주름 가득한 푸른 눈망울의 그녀에게 듣는다
강의 기억을 어름한다
이름 없는 무수한 것들이
거센 탁류에 휩쓸리고 떠내려가면서도
들과 산과 뒤엉켜 푸르게 살아나는 하류의 삶을
화물을 가득 실은 수많은 정크선을
수십 수백의 헐벗고 여윈 견부들이
온몸으로 온몸으로 끌어 올리며 토해내는
격렬한 고함과 비명이 뒤엉킨 고된 삶의 소리를
급류와 급류가 거침없이 부딪치고 뒤섞이는
격류의 시대와 그것들을 둘러싼 거칠고 어두운
하여 피폐해지며 더 단단하게 단련된 사람들을

더러운 전통과 역사와 진창을
놋주발보다도 더 쨍쨍 울리는 추억**으로
인간과 사랑과 혁명을 영원한 동격으로 만든 시인의
전환의 기적 역시
그녀에게서 비롯되었음을 나는 안다

드넓은 상해의 하구에서부터
수많은 지류들이 합류하는 물길을 거슬러 올라가며
장구한 황색 물줄기의 기원 혹은 그 너머에 이르기까지
무지와 순박, 야만과 전통, 본능과 억압
미신과 문명, 무능과 순종, 악덕과 양심
그것들이 빚어내는
인구 1억 8천만 명 시절 황색 대륙의 민낯을
비루하지만 어마어마한 삶을
기이하고 지루하지만 아름다운 풍경을
단단한 흑백의 투명함으로 담아낸
그녀가 거슬러 올라간 그 물길을
나, 오늘 당신과 함께 간다

소박하지만 아득히 먼 기원,

탁하고 유장하지만 거침없이 굽이치는 물줄기,

장강에서 당신과 함께 혹은 당신을 찾아

나는 다시 격류할 것이다

* 이사벨라 버드 비숍Isabella Bird Bishop(1831~1904). 영국 잉글랜
드 출신의 여행가이며, 지리학자이자 작가. 1894년부터 4년 동
안 11개월에 걸쳐 한국을 여행하고 구한말 한국의 모습을 담은
『Korea and Her Neighbours(조선과 그 이웃 나라들)』(1898)을 펴
냈으며 1898년 중국 장강 하류에서부터 상류까지를 여행하고
『The Yangtze Valley and Beyond(양자강을 가로질러 중국을 보다)』
(1899)를 출간했다.
** 김수영의 시「거대한 뿌리」(『거대한 뿌리』, 민음사, 1995)에서 인용.

잔교棧橋

거대한 협곡 사이를 거세게 포효하는 물길
하늘 가장 가까운 까마득한 절벽 위 잔교는
아슬아슬한 하늘길을 수없이 오고간
짐 실은 말과 마부와 그 고단한 생의
발걸음들이 남긴 비행운이다

더는 내디딜 수 없는 낭떠러지 앞에 눈 감으니
하늘 아래 첫 삶을 일군
그을린 검은 얼굴들이 지나간다

작은 배에서 사는 사람들

누런 강물이 느릿느릿 흐르는
상해와 항주를 잇는 장강 하구에서
배에서 나고 배에서 자라고
배에서 살다 배에서 생을 마친
배 위의 사람들에 대한 버드 비숍의 글을 읽는다
작은 뱃머리에 앉은 사내는
담뱃대를 물고 느리게 가죽신을 깁고
전족을 한 어깨 넓은 아내는
배 여기저기에서 억척스럽게 몸을 부리고
주렁주렁 달린 아이들은
종일토록 널빤지 가로지른 선반에서 놀고
이 작은 배에서 늙어갔을 할머니는
배 가운데 제단에 아침저녁 절을 올린다는
배에서 먹고 배에서 일하다가
밤이면 누더기 이불을 두르고 아무데서나 잠든
120여 년 전 장강 기슭
작은 삼판선三板船에 실린 삶의 풍경

유람용 삼판선에 올라 나는

더 먼 시절 어느 장강 기슭 작은 배에서

생을 마감한 옛 시인을 떠올린다

친한 친구는 소식 한 자 없고

늙고 병든 몸을 외로운 조각배에 의지*해 표박하다

끝내 몸 들일 작은 집 한 칸 마련 못 한

쓸쓸하고 외롭고 불우했던 물 위의 삶을 생각한다

그리고 작은 흙집과 토담 마당 안에서

작은 배 위의 삶과 같이 살다 갔을

또 다른 옛사람의 적막했을 시간을 그려본다

* 두보杜甫의 시 「등악양루登岳陽樓」에서 인용.

강의 견부들 1

석회암 절벽이 줄지어 드리운 협곡
거센 물결을 거슬러 올라가던
강의 역사를 빚은 사람들이
오래된 흑백사진 속에 남아 있다

바람마저 멈춘 날에는 선수에 서거나
거센 물살을 헤치고 노를 젓거나
어깨와 허리에 줄을 매고 온몸으로
낭떠러지 같은 강기슭에 매달려 배를 끄는 사람들

거센 물살과 사투를 벌이며 토해내는
고되고 가쁜 그들의 신음 소리가 모여
마침내 강기슭에 배를 대고 저녁 무렵
뱃사람의 구성진 노랫가락이 되었을 것이다

어둠이 짙어지면 강가 자갈밭에 둘러앉아
불 밝히고 젖은 옷 벗어 말리며
무거운 삶이 빚어내는 침묵을 물리치는 노랫소리
술잔에 실려 점점 더 크게 울렸을 것이다

절벽 바위에서 미끄러져 굴러떨어지거나
급류에 휩쓸려 거센 물길 속으로 사라진
수많은 장삼이사들을 진혼하는 노래는
아침이면 도도한 물결에 씻겨 사라졌을 것이다

언제든 물속에 뛰어들 수 있게
혹서에서 혹한까지 햇볕 가릴 밀짚모자만 쓴
벌거벗은 견부들의 억센 고함 소리 이제
빛바랜 흑백사진 틀 속에 갇혀 강기슭에 떠돈다

강의 견부들 2

1

나는 내륙 사천의 붉은 고원에서 왔어 아무리 일해도 최소한의 먹고 자는 것 외엔 아무것도 할 수 없는 그곳을 몇몇 동네 청년들과 함께 뜬 지 17년쯤 됐지 내 청춘은 의창나루에서 천6백 킬로미터에 달하는 민강岷江 급류 지역을 오르내렸지 고되긴 하지만 몸만 가지면 일할 수 있고 돈도 몇 푼씩 쥘 수 있었어 운 좋으면 사금도 주울 수 있다고 했지만 정작 그런 사람은 못 봤어

글을 모르는 내 이름은 진타오, 사람들은 그냥 타오라오라고 불러 견부들의 우두머리를 이렇게 부르지 선장은 라오반, 키잡이는 타오타이콩, 수로안내인은 타이콩이라고 부르지

내가 끄는 배는 길이 40여 미터 폭 3미터 남짓 되는 짐을 운반하는 정크선이야 뱃머리는 직사각형으로 낮고 높게 돌출했고 고물엔 갖가지 장식물이 있는 멋진 배야 파란 눈의 사람들은 홀수선이 낮고 건현乾舷도 빈약해 우스꽝스럽다고 하지만 그래도 백 톤 정도의 짐은 거뜬히 실어 나를 수 있는 화물선이야

2

중상류 인근의 삼나무를 베어 웅황으로 착색하고 기름오동나무 기름을 몇 번 덧칠한 다음 송진으로 마감한 이 배는 우리의 일터이자 생활공간이야 커다란 직사각형 돛이 달린 배의 움푹 팬 중앙은 낮엔 주방 밤엔 우리들의 침실이 되지 배 뒤쪽 선실은 당연히 선주와 그 가족들의 몫이야 백 명이 훨씬 넘는 선원들은 아무 곳에서나 누워 자거나 강가에 배를 댄 날은 불을 피우고 야영을 해

갑판의 지붕 위엔 수백 미터에 달하는 밧줄이 실려 있어 우리의 일은 이 밧줄로 배를 끄는 거야 급류 지역을 거슬러 올라갈 때면 노 하나에 열 명이 넘게 매달린 장정들을 지휘하지 가끔은 쇠가 박힌 긴 장대로 암초를 살피기도 해

품삯은 4실링 혹은 그보다 몇 푼 더 많은 임금과 거친 옹기그릇에 담긴 밥과 배추볶음 그리고 생선이나 돼지고기를 얹어주는 세끼 식사가 전부야 아무 곳에나 등을 기대고 한 손으로 그릇을 받쳐 들고 젓가락으로 입에 음식을 쓸어 넣는 잠깐의 시간을 빼고 하루 종일 뱃일을 해

일이 없는 철엔 끼니를 제공받는 것만도 고마운 일이야

3

언제든 물속에 뛰어들어야 하니 더울 때든 추울 때든 햇빛을 가리는 밀짚모자만 쓰고 있어 안간힘을 다해 노를 젓다가 배가 더 나아갈 수 없을 때가 되면 밧줄을 몸에 걸고 배를 끌기 시작해 북과 징 소리가 크게 울리면 어깨나 가슴에 줄을 걸고 네발 달린 짐승처럼 몸을 땅에 닿을 정도로 낮추고 돌투성이의 제방이나 절벽을 기어오르지

북소리가 빨라질 때마다 함께 온몸으로 온몸으로 엄청난 급류의 힘에 맞서며 손끝과 발끝은 끊임없이 몸을 지지할 틈새를 찾아 한 발짝 한 발짝 앞으로 옮기는 거야 혹 미끄러지기라도 하면 바위에 부딪혀 온몸이 피투성이가 되고 밧줄이 끊어지기라도 하면 수십 미터 벼랑 아래 급류에 쓸려 죽음을 맞기도 해 북소리가 점점 느려지고 요란한 북과 징 소리가 울리면 거대한 격류를 거슬러 배를 끌어 올린 수백 명 견부들의 고된 하루도 끝이 나게 되지

그리고 굵은 대나무 밧줄에 긁히고 쓸린 몸에 난 상처를 보고 서로 강물로 닦아주거나 약초를 발라주곤 해 그런 밤이면 강가에 불을 피우고 야영을 하며 백주를 마시며 고된 하루를 달래는 노래를 불러 계곡이 쩌렁쩌렁 울리도록 크게 더 크게 부르지 그러다 누군가 아편을 피우기 시작하면 번갈아 흡입하며 아련한 세계로 빠지곤 해 하지만 난 아편은 안 해 작은아버지가 아편에 조금씩 망가져가다 급류에 휩쓸려 갔어

4

우리에게 가장 무서운 건 치파라고 부르는 급류야 하얀 물보라가 이는 급류를 거슬러 올라갈 때 밧줄에 쓸린 살을 에는 고통을 이기지 못하고 강물에 몸을 던지는 견부들이 여럿 생겨 그런 밤이면 팔다리가 부러진 동료들을 그냥 바라볼 수밖에 없어 끝내 동료를 찾지 못한 아무것도 할 수 없는 슬픈 밤이면 불가에 앉아 구슬픈 노랫가락에 의지하며 많은 술을 마시고 더 많은 아편을 흡입하

는 것 그게 우리가 할 수 있는 전부야

그래도 우리는 웃음을 잃지 않아 몸뚱이와 웃음과 노
랫가락이 우리가 가진 전부거든 더 많은 돈을 벌기 위해
물살이 더 센 급류 지역으로 흘러 들어가 아무렇지도 않
게 몸값을 흥정하려면 웃음과 익살은 유일한 그리고 최
고의 밑천이지

이제 나와 내 동료들을 책과 박물관 사진에서만 볼 수
있을 거야 하지만 아주 오래전부터 불과 한 세기가 채 되
기 전까지 석탄과 면화와 양털과 사향 등 수많은 물자와
문명을 대륙 가장 깊은 곳에서부터 드넓은 하구에 이르
기까지 실어 나른 붉은 황색 강 곳곳에 우리가 있었음은
기억될 거야

* 이사벨라 버드 비숍의 『양자강을 가로질러 중국을 보다』(김태성·박종
  숙 옮김, 효형출판, 2005) pp. 185~200 참조.

호아虎牙 협곡*

아득히 먼 고원에서부터 격류해온 물줄기
대평원으로 굽이치기 직전
병풍처럼 깎아지른 절벽들 사이
협곡에 갇혀 거칠게 울부짖는다
아무도 오르지 못했을 법한 잇단 봉우리
가장 높고 험준한 곳에 세운 작은 사원 하나
비껴드는 석양빛에 물드는 사탑 아래
더 붉게 물든 황색 물줄기의 꿈틀거리는 도사림
오늘밤 협곡에 뜬 별들과 밤새 수군거리다
날 밝으면 강둑 너머 거침없이 쏟아질 것이다
더 크게 굽이치고 더 크게 사행하며 그렇게
더 멀리 새 길을 낼 것이다

* 의창宜昌과 형주荊州 사이 장강이 급류하는 협곡.

밧줄 다리

고원을 가르고 붉은 물이 격류하는 협곡
고원과 고원을 잇는 다리가 있다
잔교도 없는 협곡 양편의 큰 바위에
밧줄을 묶고 팽팽히 당겨 고정시킨 밧줄 다리
크고 단단한 대나무를 반으로 쪼개
밧줄을 감싸 끈으로 묶은
대나무 통에 매달려 계곡을 건넌다
발로 바위를 힘껏 굴러 몸을 던지면
빠르게 미끄러져 내려갔을 것이다
속도가 죽으면 머리 위로 손을 뻗어
조금씩 밧줄을 당겼을 것이다
사력을 다한 검은 얼굴이
더 붉고 검게 젖어갈 때쯤
외줄에 매달린 몸을
간신히 건너편 계곡에 부리는
두 팔로 죽음을 건너는
그럼으로써 생을 잇는 다리

강을 건너면 대나무 통을 풀어 등짐에 넣고

사당 앞에 머리 숙여 절 올리고 다시 길을 간

가장 긴 강이 발원하고 흐르는

고원의 협곡 어느 지점에 서서

질경이 같은 아득한 삶 앞에 눈을 감는다

장강 너머

티베트라 불렸던 높고 드넓은 고원
거대한 물줄기를 거슬러 오르는 길
부챗살처럼 펼쳐지던 협곡
점점 좁아지더니 더는 큰 물길이 없다

여기저기 흐르고 사라지고
다시 솟고 흐르고 사라지는 작은 물줄기들
나란한 언덕 기슭에는
키 작은 소나무들과 관목들
선홍색 장미 넝쿨과 뒤엉킨 들꽃들
어느새 맑은 옥색으로 흐르는 작은 물길
조약돌은 둥글고 단단하고 선명하다

지류에서 지류로 다시 지류로 수없이 갈라지는
혹은 물길과 물길이 다시 합류하는 고원의
협곡은 시작이고 또 끝이다
협곡과 협곡 사이 물길이 나서 흐르고
물길과 물길이 부딪쳐 부서지고 뒤섞이는
너머의 암벽들 돌올하다

봉우리 사이로 또 다른 봉우리가 첩첩이 솟은
가장 높은 만년설 봉우리에 부서지는 눈부신 햇살
물이 시작되고 갈라지는 곳마다
부딪치고 뒤섞이는 곳마다
풀밭이 열리고 나무들 팔 벌려
새로운 생명들이 꿈틀댄다

나는 돌기둥에 걸린 나무다리를 건너
풀숲 오솔길 옆 돌탑에 작은 돌 하나 얹고
물과 길의 영혼을 생각한다
시작과 끝을 어림할 수 없는 그러나
대대로 이곳에 나고 살아온
어질고 강인한 사람들을 그리워한다

사람들 사이를 흐르는 강

두장옌〔都江堰〕* 남교에 서서
수 천 년을 쉼 없이 격류하는 붉은 강이
실어 오는 전언에 귀 기울인다

고원의 북쪽에서 발원하여
유량이 급증한 민강과
겨우내 눈 녹은 계곡물이 함께
뒤엉키고 소용돌이쳐
넘치고 무너뜨리고 범람하는
거대한 물줄기를 온전히 품어 안아
새 물길을 내고 또 흘려보낸
이곳의 옛사람들을 생각한다

맞서고 가로막고 가두는 대신
크고 작은 돌들을 촘촘히 채워 넣은
대나무를 엮어 만든 길쭉한 주머니를 쌓아
강바닥보다 조금 높은
새로운 물길을 만들어
유량이 넘칠 때는 나누어 흐르게 하고

적을 때는 본래의 물길을 따라 흐르게 한
아득한 시절의 손길을 어림한다

강은 사람들 사이를 흐르고
사람은 강에 깃들어 사는 것이라고
함께 혹은 더불어
오래 멀리 흐르며
평원 곳곳을 고르게 적시는
물줄기가 쉼 없이 실어 오는 소리를 듣는다

* 기원전 256년 진나라 태수 이빙李冰 부자에 의해 건설된 중국 쓰촨
성[四川省] 청두[成都]에 있는 고대 수리 관개시설.

시의 도시

국제 시 주간 행사가 열리는 쓰촨성 청두시 실험학교
학년별로 형형색색의 옷을 예쁘게 맞춰 입은 어린아
이들이 22개국 34명의 외국 시인들과 150명이 넘는 중국
시인들 앞에서 당시唐詩부터 현대시에 이르기까지 경연
을 벌입니다 아이들 전체가 혹은 부분이 더러는 몇몇이
번갈아 시를 읽고 노래하고 춤추며 수천 년의 시간과 공
간, 세대와 성별을 뛰어넘는 모습에 경탄의 박수가 이어
집니다 그런데 갑자기 하늘이 꾸물꾸물해지더니 소나기
가 내리기 시작했습니다

손님들도, 아이들도 허둥지둥 술렁이는데 학교 선생
님들이 재바른 손놀림으로 우비를 가져다 아이들에게 차
례차례 입혀줍니다 빠짐없이 우비를 입은 아이들은 언제
그랬냐는 듯이 다시 시를 합송하고 안무를 이어갔고 비
도 천천히 잦아들었습니다

잠시 후 해외 시인 낭독 차례로 무대에 오른 도종환 시
인이 시를 읽기에 앞서 말을 건넵니다 "저는 오늘 가장
아름다운 시 한 편을 보았습니다. 비가 오자 당황하지 않
고 우비를 가져다 아이들에게 먼저 입히고 시 합송이 재
개된 다음에야 비로소 우비를 입기 시작한 이 학교 선생

님들의 모습에서 가장 맑고 아름다운 시의 정신을 보았습니다. 선생님, 존경합니다." 이어 시를 낭독하는 시인의 촉촉한 목소리에 교정이 흠뻑 젖었습니다

두보의 초당이 있다는, 비와 구름과 안개에 젖은 초가을 청두는 이렇게 시심으로 물든 시의 도시가 되었습니다

넘버 스리

인류가 달 탐사에 성공한 그날 이후 그는 넘버 스리라고 불렸다

나는 넘버 투를 넘보는 넘버 스리가 아니에요
자장면으로 끼니를 때우는 헝그리 정신으로 무장하지도
배신을 불사하는 불멸의 불사조를 꿈꾸지도 않았어요
더욱이 내 아내는 시를 쓴다고 랭보와 바람이 나지도
않은걸요

첫번째 달 탐사의 꿈을 실은 아폴로 11호는 지구를 떠난 지 사흘 만에 달의 궤도에 진입했다
우주선은 달의 궤도를 열세 바퀴 더 돌고 난 후에야 착륙 지점인 고요의 바다 20킬로미터 상공에 도달할 수 있었다

그곳엔 계수나무도 옥토끼도 절구 방아도 보이지 않았어요

선장 닐 암스트롱과 조종사 버즈 올드린을 태우고 사

령선에서 분리된 탐사선 이글이 역추진로켓을 분사하며 달의 표면을 향해 접근을 시작할 때 그는 터질 듯한 가슴을 가라앉히며 정신을 집중했다 숨을 죽이고 텔레비전을 지켜보던 지구인들이 일제히 탄성과 환호를 지른 그 순간부터 두 우주인이 돌아올 때까지 그들을 지켜보며 지구의 관제 센터와 교신하는 것이 그의 임무였다

서열이 두번째인 내가 암스트롱과 달에 착륙해야 했지만 조종 경력이 부족한 올드린에게 사령선을 맡길 수는 없었어요

빛과 어둠뿐인 달에 암스트롱이 첫 발자국을 떼고 뒤이어 올드린이 발을 내디뎠을 때 달과 지구 사이에는 그 혼자뿐이었다

그래서 두렵고 외로웠냐고요
그래서 아쉽고 슬펐냐고요
그래서 고독하고 절망했냐고요
글쎄요 결정적인 순간은 누구나 혼자 아닌가요

장엄하면서도 황량한 풍경 위에 성조기를 세우고 기념사진을 찍고 여러 과학 장비를 설치하고 달의 암석과 토양 샘플을 채취하는 순간순간을 온 인류가 함께 지켜보고 환호하는 동안 그는 아무것도 보지 못했다 우주선 안에는 텔레비전이 없었을 뿐만 아니라 그 순간 착륙선에 감지된 작은 엔진 이상에 온통 신경을 곤두세웠다

그렇게 홀로 사령선에 남은 21시간 39분 동안 그는 빙빙 달의 궤도를 돌았다

그날 그 시간 그곳엔 나와 신만이 있었어요
무선통신마저 끊어진 암흑 속 48분 동안
무슨 일이 있었는지 또한 나와 신만의 비밀이에요

사람들은 끝내 달의 표면을 밟아보지 못하고 돌아온 그를 기억하지 못하고 역사는 넘버 스리로 기록하였다

나는 지구에서는 볼 수 없는 달의 뒤편을 맨 처음 홀로 보았어요

우주선 창을 가득 채운 초록 별을 가슴에 온전히 담았어요

그리고 달과 지구 사이에서 두 별을 나 혼자 바라볼 수 있었지요

그날 이후, 암스트롱은 인류의 영웅으로 과도하게 추앙받는 유명세에 시달렸고 사고로 어린 딸을 잃었고 심장병을 앓았다

올드린은 맨 처음 달을 밟지 못한 분노와 열등감, 우울증 등으로 알콜릭이 되어 고달프게 남은 생애를 살았다

우리 세 사람은 같은 해에 태어난 동갑내기였어요

우리는 각각의 삶을 살았고

나는 그날 이전에도 이후에도 단 한 번도 넘버 원이 아닌 적이 없어요

나는 최선을 다한 내 생의 영웅이었으니까요

* 1969년 7월 20일 아폴로 11호가 인류 최초로 달 탐사에 성공하였
다. 우주선에 탑승한 세 사람 가운데 선장 닐 암스트롱과 탐사선 조
종사 버즈 올드린이 차례로 달의 표면을 밟았지만, 사령선에 남아
지구와의 교신을 맡았던 조종사 마이클 콜린스는 끝내 달의 표면을
밟지 못했다.

그라시아스 페페

거대한 역병이 끝 모를 미궁 속으로 치닫는 2020년
가을
'세계에서 가장 가난한 대통령'이었던 노정객*이 은퇴
한다

재임 시절 월급의 90퍼센트를 사회 기금에 기부하고
겨울 추위가 오자 대통령궁을 노숙자 쉼터로 내어놓고
자신이 살던 농가에서
1987년식 자동차를 손수 운전하며 출퇴근했다는
수수한 옷차림으로
동네 식당에서 주민들과 식사하고
변기 뚜껑을 사러 시장에 가고
동네 아이들의 축구 경기를 열심히 응원하며
국민 다수와 다르지 않은 삶을 살았다는
그가 작별을 고한다

도시게릴라 활동으로 13여 년간 감옥 생활을 했으나
내 정원에 증오는 심지 않았다 증오는 어리석은 짓이
다 그리고 젊은이가 인생에서 성공하는 것은 넘어질 때

마다 일어나서 다시 시작하는 것,이라던 그가
　　다시 일어서 농부의 삶을 시작한다
　　또 다른 전직 대통령이었던 동료 상원 의원과
　　깊은 포옹을 나누고
　　나란히 의사당을 총총히 떠나
　　자신의 유일한 자산인
　　낡은 하늘색 폭스바겐 비틀에 오른다

　　이제 그가 어디로 갈지 아무도 모르지만
　　가야 할 때를 알고 떠나는
　　세상에서 가장 아름다운 작별이 펼쳐지는
　　인구 350만 명, 남아메리카 대륙 동방의 가을 동화

　　이 풍경이 나는
　　왜 이렇게 낯선지
　　왜 이렇게 부러운지 그리고
　　왜 이렇게 한없이 작아지는지

* 호세 알베르토 무히카 코르다노José Alberto Mujica Cordano(1935~).
제40대 우루과이 대통령(2010~2015)에 취임하여 높은 경제성장률
과 함께 부패, 문맹, 극빈층을 줄이는 성과를 내면서도 검소한 삶을
유지하였다. 대통령 퇴임 후 더 높은 지지율 속에 국민들의 재출마
요구를 거절하였고 2020년 10월 정계 은퇴를 선언하며 상원 의원
직에서 물러났다.

8분 46초*

I can't breathe

제발요. 숨을 쉴 수 없어요…… 나를 죽이지 마세요……

허리 뒤로 수갑이 채워져 땅바닥에 엎드린
저항할 수 없는 상태의 한 흑인 사내가
백인 경찰의 무릎에 목이 짓눌려 죽었다
그의 두 눈에 죽음의 암막이 드리워
암전되기까지
8분 46초

여섯 살과 세 살 난 두 딸을 둔
낮에는 트럭 운전사, 밤에는 식당 경비원이었으나
코로나바이러스감염증-19 팬데믹 이후 직업을 잃은
한 흑인 가장은 그렇게 숨을 쉬지 못하고 죽었다
살아온 기적이 살아갈 기적이 된다고** 하는데
살아온 기적도 살아갈 기적도 없이
그렇게 죽었다 그는

흑인 소년 에밋 틸과 트레이본 마틴이
에릭 가너, 마이클 브라운, 아머드 아버리가
앞서 그렇게 죽었다
기적도, 하느님도 끝내 오지 않았고
다시 그렇게 죽어가고 죽을지도 모르지만
그 죽음이
잠든 세상을
흔들어 깨우고 있다
흑인의 생명은 소중하다고 아니
소중하지 않은 생명은 어디에도 없다고
작게 아니 거세게 점점 더 거세게
세상을 흔들어 깨우고 있다

죽은 줄 알았던 꽃씨가
거대한 흙더미를 떠밀고 올라와
아우성이 되어 꽃을 피우고 있다
더러는 소란하고
더러는 사위어가겠지만
그 죽음의 시간을 건너

피워 올린 꽃을 맞는

조금은 달라질 세상을

나는 믿는다

* 2020년 5월 25일 미국 미네소타주 미니애폴리스에서 위조된
  20달러 지폐가 사용된 것 같다는 신고를 받고 출동한 백인 경찰에
  의해 용의자로 지목받은 흑인 남성 조지 플로이드가 무릎에 목이
  짓눌려 고통을 호소하다 압사했다.
** 김종삼의 시 「어부」(『북치는 소년』, 민음사, 1988)에서 인용.

정글 마을에 핀 꽃

낯선 방문객을 바라보는 정글 마을 아이들이 모여 꽃
이 된다
한바탕 쓸고 간 소나기에 흠뻑 젖은
맑은 눈동자, 천진한 표정, 호기심 가득한 얼굴들
바깥세상과 마을을 잇는 오토바이 주변에 무리 지어
활짝 피어난다
그 꽃 무리 속에 고샅길에 서서 해맑게 웃던 오래전 내
가 있다

아무것도 갖지 않음으로써 모든 것을 얻은 사람

마침내 바다를 눈앞에 둔 사이공강 하구 호찌민[胡志明]박물관,
선착장이었던 이곳에서 빈손으로 증기선에 올랐던
아무것도 가지지 않음으로써 모든 것을 얻은
한 사내를 만난다

인도차이나의 작고 왜소한 식민지 청년 응우옌신꿍[阮生恭]은 스물한 살 크리스마스 무렵 보조 요리사로 프랑스 증기선 아미랄 라투슈 트레빌호에 올라 사이공강 붉은 물줄기를 따라 남중국해로 흘러갔다 먼바다와 더 먼 미지의 땅으로 어두운 시대의 격랑을 고단하게 헤치는 그의 여정은 그렇게 시작되었다

런던과 뉴욕 그리고 파리에서 하인 수습공 제빵사 정원사 청소부 노동자 댄서 웨이터 등 밑바닥 삶을 전전했지만 끝내 놓지 않은 꿈이 있었다 그에게는 제1차 세계대전이 끝날 무렵 아이꾸옥Ái Quốc[愛國]이라는 이름을 얻은 이후 잃어버린 식민지 조국을 찾기 위해 생과 사를 넘나드는 날들을 살았다 사회주의도 마르크스·레닌주의

도 반파시즘 식민주의도 민족주의의 다른 이름이었다 그
에게는

  30년이라는 세월이 지나서야 돌아온 조국, 민족 해방
을 위한 총궐기를 시작하며 뜻을 들어 밝힌다는 이름 호
찌민을 얻었다 그는 긴 전쟁 끝에 이룩한 독립이 외세에
의한 분단으로 이어졌지만 포기하지 않았다 거대한 제국
들과 차례로 싸우면서도 항상 인민 속에서 인민을 위한
인민의 삶을 살며 독립과 해방만큼 소중한 것이 없음을
인민들의 가슴에 새기고 눈을 감았다 그는

  절망과 죽음의 땅을 꿈틀거리는 약속의 땅으로 바꿔
놓은

  그가 남긴 것은 옷 몇 벌과 낡은 구두 그리고 옥중 일기

  그가 놓아버린 것은 청춘 부모 형제 결혼 부 권력 그리
고 욕망

  그가 얻은 것은 민족 조국 독립 해방 통일 그리고

영원한 심장

앙코르와트를 닮은 메콩강 삼각주 미토의 빈짱 사원,
등신불이 된 한 승려*의 화염 속 사진을 보고 마음의 갈
피를 잡지 못하고 좌불과 와불 사이를 서성인다 사이공
의 캄보디아 대사관 앞에서 합장을 하고 가부좌를 튼 한
승려의 소신공양 머리에서 발끝까지 살과 뼈가 타들어
가는 불덩이의 작열통灼熱痛 속에도 끝내 가부좌를 풀지
않고 반듯이 앉아 있던 그는

마지막 남은 힘으로 오그라드는 근육과 뼈마디를 펴
뒤로 쓰러진 뒤에도 합장한 두 손만은 풀지 않았다는데

끝까지 타지 않은 그의 심장은 4천 도가 넘는 화장장
소각로 속에서도 불타지 않았다는데

비밀경찰의 황산 테러에도 녹지 않았다는데

'땡중의 바비큐 쇼'라고 비난한 독재 정권을 무너뜨리
고 온전한 독립과 통일을 이끈 영원한 심장을 남겼다는데

좌불이었을까 아니면 와불이었을까 그는

운남 중부에서 발원하여 베트남 북부를 남동쪽으로
굽이쳐 흘러 통킹만으로 흘러드는 홍강과

서쪽 쭈옹손산맥에서 처음 흘러 이 나라 마지막 왕조

를 품은 후에를 적시는 흐엉강과

　티베트고원에서 시작되어 운남과 미얀마 태국 라오스

캄보디아를 거쳐 마침내 바다를 만나는 메콩강

　곳곳에 깃들어 사는

　안남安南이라 부르고 월越 또는 대월大越이라 부르는

　마음이 어질고 바지런한 이 나라 사람들의 가슴에서

가슴으로 꿈틀거리며 이어지는

　영원히 타지도 녹지도 않는다는 심장을 헤아린다

* 1963년 6월 11일 오전 10시 사이공 시내에서 독재와 종교 탄압에 항
　의한 베트남 승려 틱꽝득Thích Quảng Đức(釋廣德, 1897~1963)의
　소신공양은 응오딘지엠 독재 정권을 무너뜨리는 도화선이 되었다.
　그의 심장은 프랑스 은행에서 보관되다가 1991년 베트남으로 돌아
　와 현재 하노이 국립은행에서 보관 중이다.

호흡뿌리

염분을 머금은 갯벌 진흙 밖으로
뿌리에서 밑동까지 마디지고 뒤틀린
아랫동을 드러낸 나무들을 본다
뒤섞여 들고 나는 붉은 강물과 해수에 수없이 잠기며
물 위로 혹은 땅 위로 붉은 숨을 내쉬면서
줄기를 지탱하고 가지를 뻗은
문어발 모양의 호흡뿌리를 드러낸
맹그로브숲

폭탄과 고엽제가 무수히 쏟아졌던
메콩강 하구 껀저섬,
단지 숨을 쉬기 위해 땅 밖으로 뻗은
나무들의 호흡뿌리 사이사이에
어느 날 지의류가 움트더니
방게 바위게 꽃게 무리가 모습을 드러냈다
수많은 조개류가 들고 언제부터인가
민물과 해수 물고기들 산란하고
치어들이 자라기 시작했다
곤충과 산호초와 악어가 들고 마침내

새와 원숭이와 사람들이 함께 사는
숲의 기적
죽음과 폐허의 참혹한 그림자를 거둬내고
앙상하지만 단단한 나무들이 이룬
기적을 넘어선 생명의 요람을 본다

우체국과 성당

기차역을 닮은 노란색 사이공 중앙 우체국
커다란 시계가 달린 아치형 입구 아래
멀리서 온 수많은 사람들
그 속에 하얀 아오자이를 입은 소녀 하나
우표첩을 들고 국제전보 부스 앞에 서 있다
누구를 기다리는 것일까
뜨거운 여름을 식히는 스콜이 지나가고
뙤약볕 잠시 멈칫하고 서늘한 바람 드는데

곰삭은 붉은 벽돌을 차곡차곡 쌓아 올린
길 건너 콜로니얼양식 사이공 노트르담대성당
뾰쪽한 두 첨탑 앞 그늘 없는 광장에
홀로 서 계신 성모의 눈빛은 멀고 아득하다
사람들 잠시 머물다 다시 먼 길 떠나는데
두 손 모아 성체를 들고 기도하는 그는
언제부터 이곳에 서 있는 것일까
멀리서부터 비를 품은 먹구름 밀려오는데

우체국과 성당을 오가며 나는

날이 저물도록 누군가를 기다렸을
때론 노랗고 때론 붉었을 사람을 생각한다

3부
우리는 다시 만날 것이다

미륵을 기다리며

타박타박 지친 걸음으로
미륵전에 들었다
언젠가는 올 것이나 당대에는 결코 오지 않을
미륵을 기다리고 기다리며
한 시대를 건너고 한 생을 건넜을
뭇사람들의 그림자
키 큰 미륵불을 모신 삼층 법당에 어른거린다
그 검은 그림자들 사이에서
오기로 했고 올 것이고 오고야 말
그러나 아직 오지 않은
어쩌면 끝내 오지 않을
너를 기다리는
산사에 봄눈 분분히 흩날린다
기다린다는 것은 비워두는 것이고
비워둔다는 것은 기다린다는 것일진대
담박하게 너른 마당을 홀로 지켜온
늙은 산사나무가 기다리는 이는 누구일까
눈 수북이 쌓인 가지마다
맑은 눈물 똑똑 흘리면서

노둔한 사람들

일 년에 두 번 혹은 세 번 찾는
선산이 있는 임실군 오수면 주천리는
아버지의 아버지 더 먼 아버지 적부터
대대손손 이어 살았다는 현풍 곽씨들의 집성촌
술이 솟는 샘이 있다는 그래서
술내기 마을이라고도 불렀던 이 마을은
평범하고 볼품없는 산자락에 있는데
폐위된 왕 노산군魯山君과
이름이 같다는 이유 하나만으로
열다섯 가문의 선비들이 무작정 내려와
이 척박한 산간벽지 노산 기슭 한편을
거처로 삼았다는데
그중 한 집안이 지었다는 제각 귀로재歸魯齋는
먼 북쪽 노산을 바라보고 있다는데
이른 아침부터 추적추적 진눈깨비 내려
축축이 젖어드는 어느 겨울날 창가에 서서
문득 그 사람들과 그 어진 마음을 헤아린다
고향으로 돌아가지 않고
거친 밥상을 들인 누추한 집에서

시대와 불화하며 끝끝내 은둔의 삶을 택한

그래서 심상하고 초라한 산을 닮은

둔하고 어리석고 미련한 사람들

내 몸 어디에도 그 노둔한 피가 흘러

나 역시 보잘것없고 무던하지만

어느 대목과 마주서면 앙버티며

고집스럽게 살아가는 것일 거라고 생각한다

바람을 견디는 힘

아름드리 곰솔 가득한 숲에 들었다
키 큰 나무들 사이로 맵찬 바람 들고 난다
굳고 억센 짙은 녹색 솔잎과
거북등같이 갈라진 검은 갈색의 몸통에서
모래톱을 넘어 바람이 수없이 실어 오고 실어 간
혹한과 혹서를 본다
모래밭에 단단히 뿌리 내린 곰솔들이 이룬
아늑하지만 서늘한 숲길에서 나는
세찬 파도와 바람을 가로막아
흘러내리는 사구砂丘를 단단히 붙잡고
산자락 다랑밭에 청보리 파란 싹을
밀어 올리는 힘을 생각한다 또한
곰솔은 소나무숲에 들지 않고
소나무 또한 곰솔숲에 들지 않는
분서分棲의 삶을 생각하며
그 중심에 자리한 견딤과 절제를 어림한다

오늘밤 곰솔 한 그루 베어 작은 배 한 척 만들고
송진으로 틈새를 촘촘히 메우고 덧칠할 것이다

그리고 제 몸에서 토해낸 슬픔이 다 마른 날
먼바다로 천천히 나아갈 것이다

우리는 다시 만날 것이다

인적이 끊긴 텅 빈 도심의 광장,

언젠가 가누지 못할 슬픔으로 내가 울던 자리에 숨죽이고 흐느껴 우는 사람이 있다 (이 넓은 광장에 우리가 소리 내어 울 공간은 없다) 두 무릎 사이 얼굴을 묻고 들썩이는 어깨가 어딘지 낯설지 않다 흐릿흐릿한 가로등 불빛 아래 비치는 그의 한쪽 얼굴에 흐르는 눈물이 얼룩이 되었다가 주변을 뿌옇게 흐린다

언제부터 그 자리에 있었을까 그는

누구를 보낸 것일까 혹은 무엇을 잃은 것일까

한없이 흐르는 슬픔, 나는 그 깊이와 끝을 가늠할 수 없다 다가가 어떻게 손을 내밀어야 할지도 모른다 그냥 곁에 앉아 그와 함께 울어야 할 것 같다 그리고 끝없이 흐르는 혹은 위로할 수 없는 슬픔의 등을 쓸어주며 작은 온기를 흘려보내고 두 팔을 벌려 너덜너덜해졌을 그의 마음을 보듬어주어야 할 것 같다

사람들은 이렇게 슬픔에 감염되고 슬픔을 통해 연대한다

저마다의 몸과 마음에 난 크고 작은 구멍들을 추스르고 조금씩 제자리로 돌아온다

그리고 우리는 다시 만날 것이다

우리는 만날 것이다

제주 동백

검은 돌담장 위로 혹은
돌담 사이로 붉은 꽃이 오른다
봄은 이렇게 온다
중산간 오름에서부터
해안 마을 어귀까지
피를 토하듯 가득할 때
선홍색 동백 붉은 봉화가 되어
짙푸른 그늘을 뚫고
이곳의 봄은 한발 늦게 온다
산사람들의 무덤에서
산 사람들의 마을까지
아무것도 새기지 않은 아니 새길 수 없는
백비白碑를 품고 사는 지질컹이들의
봄은 버둑버둑 몸부림으로 온다
꽃잎 하나 다치지 않고 만개한 순간
툭, 하고 모가지를 떨구는
동백꽃 한 송이 가슴에 매달려 온다

소리 없이 울다 간 사람

노랑부리백로가 여름을 나고
도요새, 노랑지빠귀 겨울을 난 뒤
저어새 새로이 둥지를 튼
노을과 썰물이 뒤섞이는 봄 갯벌
붉게 검붉게 혹은 금빛으로 물드는
가장 깊은 곳에 감춰둔 적막을 본다

매화 향기 남은 자리에
벚꽃 분분히 날린 다음
모가지를 떨군 동백꽃
흥건히 잠겨 흘러가는 실개울
수척한 빈산 노거수 그늘에 들어
소리 없이 울다 간 사람을 더듬는다

재 너머 차밭에 연두색 눈엽 오르고
까마득히 사라졌던 기억
몸속 가장 깊은 곳에서 아련히 깨어난다
비어 있으나 차 있는 혹은
차고 비고 또 차고 비는

늦은 졸업식

졸업생의 이름과 학년 반 번호가 적혀 있는
파란 의자가 반별로 정리되어 있는 강당
수학여행을 위해 제주도행 배에 올랐다가
끝내 돌아오지 못한 250명 아이들의 늦은 졸업식
머리가 희끗희끗한 중년의 사람들이 졸업생들의 자리
에 앉아 있다
군데군데 꽃다발이 대신 지키고 있는 빈자리는
아직도 돌아오지 못한 그리고
차마 대신 오지도 못한 이들이 남긴
채울 수 없는 시퍼런 구멍으로 남아 있다

2학년 1반 고해인, 김민지, 김민희, 김수경……
아이들 한 명 한 명이 호명될 때마다 스크린에는 3년
이나 늦은 졸업생들의 사진이 떠오르고 그때마다 졸업장
과 졸업 앨범을 싼 노란 보자기를 품은 사람들의 어깨가
들먹인다
운다
흐느낀다
엉엉 울며 오열한다

그날, 이들은 이 자리에서 '탑승자 전원 구조'라는 오보를 지켜봤었다

그날 이후, 영문도 모르고 선실에 가만히 앉아 있다 차가운 바닷속 깊이 가라앉은 아이들은 바다에서 부두에서 거리에서 입과 입에서 인터넷에서 그리고 수많은 신문 지면과 방송 전파 속에서 수없이 죽고 또 죽어갔다

그리고 그때마다 기적처럼 살아났다

그리고 5년,
슬픔만이 끝없이 흐르는 늦은 졸업식
빛나는 혹은 빛나던 아이들의 기억과 흔적을 지키는
여전히 기다리는 사람들과 살아남은 아이들에게
끝내 일어나지 않은 기적을 기다리는 일은
그날보다 더 힘들고 더 고통스러웠을 텐데
무엇으로도 위로할 수도 위로받을 수도 없는
거대한 슬픔을 겪어내는 사람들 곁에서
그저 함께 울어주는 것 외에 아무것도 할 수 없다
사람이 그리고 사랑만이 기적이다

얘들아 가자

이제 집으로 가자

* 2014년 4월 16일 여객선 세월호를 타고 제주도로 수학여행을 떠났
  다가 사고로 희생된 안산 단원고 2학년 학생 250명의 명예 졸업식
  이 3년 늦은 2019년 2월 12일 오전 10시 단원고 단원관에서 열렸다.

날마다 사람이 죽는다

이른 아침 펼쳐 든 신문에 죽음이 가득하다
한 면 가득 죽은 자들의 이름이 촘촘히 나열되어 있다
기계공장에서 발전소에서 공사 현장과 산업 현장 곳
곳에서
날마다 사람이 죽고 죽어간다
그들은 대개 비정규직이다
갓 스무 살을 넘긴 청년들이다
하청 업체 소속 노동자이다
멀리서 꿈을 품고 온 이주 노동자이다

상복 입은 사람들과 살아남은 그러나
머지않아 죽음의 명단에 오를 사람들이
광화문광장을 떠나지 못하고 운다
끝없이 흐르는 눈물을 삼키며 헛상여를 들고
죽은 사람들과 뒤엉켜 광장을 맴돈다

하청 업체 소속이라 혹은 비정규직이라
절반의 임금을 받고 아홉 배나 되는 위험* 속에
업무 수칙을 너무 충실하게 지켜서 죽었다고 한다

추락하고 뒤집어지고 부딪히고 끼이고 깔리고 엎어지
고 넘어져도
더 큰 불이익이 두려워 침묵하고 감추며 일한다
매일 3백 명가량이 다치고
세 명 이상이 집으로 돌아가지 못하고 죽어간다
이렇게 외주화된 죽음은,
죽은 사람들의 숫자는 좀처럼 줄어들 줄 모른다

혹한의 광장을 지키는
상복 입은 사람들과 죽음이 예정된 사람들을
노조 고위 간부들이, 하청 업체 대표와 기업체 임원들이
그리고 정치인들이 위로한다
숙연한 표정으로
다시는 이런 일이 없도록
더 가열하게 맞서 싸우겠다고
안전 교육을 더욱 철저히 하겠다고
사람이 우선인 작업환경을 만들겠다고
법을 만들어 철저히 감독할 뿐 아니라 엄벌하겠다고
약을 판다

머리를 숙이고 침통한 표정의 굳은 얼굴로

나름 최선을 다했지만 더 최선을 다하겠다고

그러니 이제 그만하라고 해산하라고

집으로 돌아가라고

다시 약을 판다

그렇게 총총히 약장수들이 떠난 광장은

썰렁한 공터가 되어 어둠 속에 가라앉는다

세월이 흘러도 대통령이 바뀌어도

OECD 가입국이 되고 국민소득 3만 달러를 넘었어도

멈출 줄 모르는 죽음의 행렬 앞에

죽음의 그늘로 어두워져가는 텅 빈 광장에서

나는 다시 길을 잃는다

* 발전사 정규직 대비 협력사 노동자 임금은 31~64%, 발전사 대비 협력사 산재 발생 위험도는 자회사는 7.1배, 협력사는 8.9배이다(「노동자 산재 사고 위험, 하청이 원청보다 8.9배 높다」, 『경향신문』 2019년 8월 20일 자, 2면).

아무도 쓰지 않은 부고*

조간신문 1면을 가득 채운
사진 한 장 없이 활자만 가득한
아무도 쓰지도 읽지도 않는 부고를 본다
최소한의 근로기준법 준수를 외치며 스물세 살 청춘
을 불에 사른 청계천 피복 노동자 전태일이 작고한 지
50주년을 이틀 앞둔 날
하청 업체 계약직 노동자 스물네 살 청년 김용균이 태
안화력발전소 석탄 이송 컨베이어 벨트에 끼여 사망한
지 2년을 꼭 한 달 앞둔 날
우리가 잠든 지난 밤에 죽어간
무명의 노동자 143명에 대한 죽음의 기록을 본다

작업 중 지지대가 넘어지며 구조물에 맞아 숨진 도장
기술자
갑자기 작동한 리프트에 머리가 끼여 즉사한 제조업
체 생산직 노동자
흙막이 작업을 하던 중 무너진 토사에 매몰된 일용직
흙막이 설치공
혹한과 혹서에도 비좁은 초소에서 초과근무하다 쓰러
진 아파트 경비원

고정 야간 운전자로 일하다 운전석에서 끝내 나오지 못한 택시 기사, 버스 기사, 택배 기사

24시간 2교대로 야간 근무를 하다 숨진 사출 기술자, 보일러 기사, 정신병동 요양 보호사, 주유소 주유원

그리고 터널 굴착 갱도에서 축전 차량에 끼여 숨진 외국인 노동자들

비정규직 아버지, 어머니가
특수 고용직 형과 누나와 동생들이
플랫폼 노동자 이웃들이
그리고 내 아이들이
집으로 돌아오지 못하고
지난 밤에 이렇게 죽었고 죽어갔다

현직 검찰총장이 대권 후보 1순위가 되는
초유의 여론조사 결과가 나왔다고
법무부 장관과 검찰총장이
오늘은 이렇게 대립각을 세웠다고
모든 신문과 방송이
앞다투어 호들갑스럽게 떠드는 아침

아무도 관심 가지지 않고
아무도 쓰지 않고
아무도 읽지 않는 부고에 담긴
반세기가 지나도 끊임없이 속출하는
수많은 전태일, 김용균 앞에서
이 위로할 수 없는 슬픔 앞에서
나는 움직일 수 없다

'우리는 기계가 아니다'라는 말이
공허한 메아리로 여전히 맴도는 오늘
'사람이 먼저'인 세상이
오고 있는 것인지
아니 언젠가 마침내
미륵처럼 오기는 오는 것인지
무엇이 아니고 무엇이 먼저라는 것인지
도무지 알 수가 없다
나는

* 『서울신문』 2020년 11월 12일 자, 1면.

위로할 수 없는 슬픔

그날 이후,
하루하루가 빈 구멍이었다
깊숙이 고개를 숙이고
끝없이 흐르는 슬픔을 삼키는 여인
온몸에 고통이 가득하다

가슴 가장 깊은 곳에
아들을 묻고
울고 호소하고 빌고 읍소하는 어머니
어느 날 화력발전소 컨베이어 벨트에 끼여
시커먼 분진 속에 스러진 스물넷 청춘을,
그 아들과 같은 죽음의 행렬을
멈추게 해달라고
수없이 허리를 굽히고 머리를 조아리며
가슴에 난 커다란 구멍에
넘치는 슬픔을 흘려보낸 지 두 해
그러나

끝없이 이어지는 구멍

점점 늘어나는 구멍
점점 더 커지는 구멍
사라지지도 달라지지도 않는
허방다리 같은 구멍 앞에
주저앉아 곡기를 끊고 절규하는
위로할 수 없는 슬픔을 본다

금방이라도 무너져 내릴 것 같은
지치고 야윈 등을 쓸어줄 수가 없다
끝없는 슬픔 속에 이어지는 더 큰 슬픔 앞에서
나의 말은 너무도 부족하고 상투적이어서
산산이 조각난 마음만이 파편처럼 흩어진다

죽음을 건너 죽음으로

　굶주림을 피해 사선을 넘은 지 10년 만에 쌀이 남아도
는 나라의 수도 변두리 아파트에서 뇌전증을 앓던 여섯
살 아들과 엄마가 굶어 죽었다 수도 요금 장기 연체에 따
른 단수 조치로 식수 한 방울 나오지 않는 집, 냉장고엔
물 한 병 없이 비닐봉지에 든 고춧가루만 덩그러니 남아
있었고 통장 잔고는 0원이었다 월세 9만 원을 10개월가
량 밀린 모자는 마지막 남은 3,858원을 모두 인출하고 보
름쯤 지나 숨졌고 그로부터 두 달이 지나 앙상한 주검으
로 발견되었다 그리고 열흘이 더 지나 죽음이 세상에 알
려졌고 그 이튿날 광화문에 '아사 탈북 모자 추모 분향
소'가 설치되었다

　광복절을 하루 앞두고
　교보빌딩과 고종 어극 40년 칭경기념비 사이
　탈북민 단체와 북한 인권 단체들이 설치했다는
　천막 분향소는 한산하다
　상주 없는 거리의 빈소 앞에는
　보수 단체와 보수 야당에서 보낸 조화가 늘어서 있을 뿐
　지나는 사람들이 잠시 멈추었다 발걸음을 재촉하는

모자의 죽음은 이렇게 전시되어 있다

늦게까지 물러설 줄 모르던 늦더위 가시고
광장에 무서리 내리고
갈까마귀 날아온다는 입동이 지났는데
아직 그들의 장례는 치러지지 못하고 있다

사인 규명을 위한 경찰 조사가 끝나지 않아서라고 했고, 법적으로 가족이나 친척 등 연고자가 아니면 고인의 장례를 치를 수 없기 때문이라고 했다 그녀의 전남편과는 연락이 닿지 않는다고 했고 국립과학수사연구원 부검 결과는 사인 불명이라고 했다

북에서는 굶어 죽을 뻔하고
남에서는 끝내 굶어 죽은
극심한 생활고와 외로움과 고립감에 시달리며
누구의 관심도 받지 못했던 그녀와 아이는
살아서 받아보지 못한
법률의 보호와 뜻밖의 관심 속에

죽어서도 우리 곁을 떠나지 못하고 있다
결과는 분명한데 원인을 모른다는 죽음을
탈북민들만이 지키는
아사 탈북 모자 추모 분향소

나는 생각한다
그녀가 두려움에 떨며 강을 건넜을 북쪽의 그 밤을
아이와 무서움 속에 울며 보냈을 남쪽의 마지막 밤을
난무하는 고성과 괴성이 일상이 된 광화문의 밤을

그해 가을, 달 없는 며칠 동안

선산 앞으로 희미한 오솔길 흔적이 있다는 것을 얼마 전에야 알았어요 큰 산맥에서 멀지 않은 매봉 자락을 사이에 두고 이쪽과 저쪽 두 집성촌을 이은 길이었다는 것을 두 마을 사람들이 오가고 더러는 혼인으로 맺어지기도 하며 물자와 인심이 함께 다닌 오래된 오붓한 오솔길이었다는데 언제부터인가 발길이 끊어지고 이제는 산짐승이나 약초꾼들만이 간간이 나타나는 길인데 길이 아닌 길이 되었다네요

평생 마을을 지킨 구순이 멀지 않은 아재가 한참을 망설이다 어렵게 입을 뗍니다 그해 가을, 이 길은 산 자와 죽은 자가 뒤섞인 죽음의 계곡이었다고 남은 생을 정리하며 이제야 70년 묵은 비밀을 말한다고 하네요 인민군이 들었던 동안 그리고 그들이 떠나고 국군이 들어오기까지 치안대가 다스린 며칠 동안 일가붙이 사이에 혹은 이웃 사이에 죽음이 다른 죽음을 부르고 다시 더 큰 죽음을 부르는 비극이 꼬리를 물고 이어졌다네요

대대손손 큰 탈 없이 살아온 두 마을에 이런 일이 동시에 일어날 줄 몰랐대요 가슴에 담아둔 작은 앙금에서 비롯한 밀고에서부터 시작되었다지요 아재의 꾀복쟁이 친

구도 잔뜩 겁에 질린 눈으로 끌려가는 엄마 치맛자락을
붙들고 따라갔다가 손에 꼭 쥐었던 쇠구슬만 돌아왔대요
더러는 재 너머 마을로 몸을 숨기거나 깊은 산속으로 도
망치기도 했지만 이 산길은 두 마을에서 벌어진 죽음과
죽임의 현장이었대요 곳곳에 임자를 알 수 없는 무덤들
이 들어섰고 그 후로 오랫동안 무너지는 흙더미를 따라
유골이 쏟아지기도 했고 동네 개들이 사람 뼈를 물고 다
니기도 했대요 그날 이후 사람들은 산길을 피해 멀리 에
둘러 다녔대요

아재는 아직도 모르겠대요
세월이 흐를수록 점점 더 모르겠대요
세상이 바뀔 때마다
가해자가 피해자가 되고 다시 피해자가 가해자로 바
뀌는
누가 피해자고 누가 가해자인지 알 수 없는 아니
가해자가 곧 피해자이고 피해자가 곧 가해자가 되는
선악과 진실이 뒤엉키고 뒤범벅이 된 현실을
아재는 그해 가을 달 없는 며칠이 그저 무섭고 원통하

고 남세스러워 차마 말하지 못했대요 그다음에는 무엇이 옳은지 무엇이 잘못된 건지 알 수 없어서, 점점 더 깊은 미궁에 갇힌 것 같아서 더 단단히 입을 다물기로 했다네요

길의 흔적은 사라졌지만 지워지지 않는 아니 지울 수 없는 상처가 드리운 산길 어귀에 아재와 함께 우두커니 서서 한참을 머뭇거리다 돌아섭니다

트로이카*
— 트레티야코프미술관에서

모든 것이 얼어붙은 겨울날,

세 아이가 커다란 물통을 실은 썰매를 끌고

회색 크렘린 성벽 아래 가파른 언덕길을 오른다

몸통에 밧줄을 건 앳되고 야윈 트로이카

몰아치는 바람을 뚫고 한 걸음 한 걸음 옮기는

초점 잃은 퀭한 눈과 반쯤 입을 벌린 가운데 소년

휑한 목덜미를 오른쪽으로 잔뜩 기울이고

먼 곳을 바라보는 더 어린 사내아이

어깨에 건 밧줄을 맨손으로 움켜쥐고 힘을 보태는

머리와 목덜미를 칭칭 두른 계집아이

혹한 속에 표정은 점점 얼어가는데

나어린 아이들이 가야 할 길은 아직 멀다

뒤편에는 사력을 다해 썰매를 미는

그늘 깊은 아버지의 거친 숨소리만

울퉁불퉁한 빙판길을 맴도는데

겹겹이 감고 두른 남루한 옷가지를 뚫는

추위와 고단함과 배고픔으로 이어지는

트로이카의 행진은

얼마나 더 많은 언덕을 넘어

얼마나 더 가야 했을까

이 아이들은
이렇게 꽁꽁 언 언덕을
가파른 삶과 혹독한 시대를 넘고 건너왔을 텐데
우리 또한 그러했을 텐데

* 러시아 화가 바실리 페로프Vasily Perov(1834~1882)가 1866년에 그
  린 그림으로 모스크바 트레티야코프미술관에 소장되어 있다.

기쁘다 구주 오셨네

소란하고 어지러운 밤 그래도
어김없이 찾아오는 거룩한 밤,
마스크를 쓴 얼굴을
투명 가리개로 한 번 더 가린
동방박사 세 사람
아기 예수께 경배한다
유향과 몰약과 황금을 든 손에
마스크와 손 소독제와 백신을
더해 든 손을 모아 공손히 허리를 숙인다
새로운 BC와 AD의 경계가 완성되었다고
코로나 이전과 이후로 갈라진 분기점에서
이제 한 번도 가보지 않은 길을 가게 되었다고
성당도 교회도 모두 문들 닫아
아무도 보지 못한 구주를
두려움 가득한 눈빛으로
만백성이 고개 숙여 맞이한다

* 2020년 12월 22일 이탈리아 움브리아주 오르비에토시의 지하 기독
교 유적지 '포초 델라 카바'에 얼굴을 마스크와 투명 가리개로 가린
동방박사 3인의 조각상이 전시되었다.

나무가 죽어간다

큰 산, 큰 산맥에서 죽은 나무들을 본다
언제부터인가
이르게 와서 오래 머무는 여름,
산길 여기저기
뿌리째 뽑힌 나무
허리가 꺾인 나무
몸통이 찢긴 나무
그리고 꼿꼿이 선 채로
회백색으로 죽어가는
수령 수십 수백 년의
전나무 측백나무 구상나무 가문비나무……
푸르다 못해 검푸르게 더 검푸르게
사철 하늘을 떠받치던 바늘잎나무들이
쓰러지고 꺾이고 주저앉아 있다
깊고 단단하게 뿌리 내리지 못한
그늘 깊은 슬픈 그림자
어른거리며 점점 더 몰려든다

다시 흐르는 강

굳게 닫힌 보洑를 여니
갇혀 있던 물이 흐르고
사라졌던 물길이 다시 보인다

강 수위가 점점 낮아지더니
다시 습지가 열리고
펄과 모래가 밟힌다

숨었던 모래톱과 돌과 바위들
머리를 내밀고 숨을 쉰다
다시 숨을 쉰다

젖은 모래 위에 말조개 한 마리
몇 발짝 앞 강물을 향해
온몸으로 온몸을 민다

내려앉고 또 날아오른 물새들의 발자국
수달이 다녀간 흔적들
강기슭에 선명하다

수심 얕은 강안에서는
고니와 쇠물닭들 먹이를 찾아 자맥질치고
부지런히 물풀을 뜯는다

품었던 것들을 온전히 되돌려놓는
다시 흐르는 강가에서 나는
아직 돌아오지 않은 것들을 헤아린다

살아 있다는 것은
굽이치며 흐르는 것이라고
흘러야 비로소 강이 되는 것이라고

안택고사安宅告祀

가을걷이가 끝난 들판에 무서리가 내린 날
마을에서 제일 큰 기와집은 고요하다 못해 섬뜩했다
이른 아침부터 여인들만이 집 안 곳곳을 들고 났고
외할머니는 대문에 왼새끼로 금줄을 치고 황토를 뿌
렸다
해가 설핏 기울자 어둠이 안개처럼 밀려왔고
차랑차랑한 물에 씻어 올린 붉은 팥으로
시루떡을 안치고 나물 만들고 밥 짓던
여인들의 손길과 발걸음은 더욱 분주해졌다

머리를 가지런히 빗어 넘긴 쪽진머리 할매는
우두커니 앉아 손에 쥔 북채로
간간이 북을 두드리며 독경을 이어나갔다
비구니도 무당도 아니라는
멀지 않은 승방에서 왔다는
그녀에게서 정갈한 비린내가 났다

깨끗하게 정리된 부뚜막에
촛불을 켜고 진설한 떡시루와

숟가락을 꽂은 밥솥, 나물, 과일, 견과, 정화수
그리고 조왕신에게 올리는 막걸리 몇 사발
할매는 여전히 북을 치며 독경을 했고
같이 온 머리칼이 성성한 중늙은이 아낙은
조왕 소지를 올린 다음
차례로 가족 소지를 올렸다

터주신이 산다는 장독대에서는
불밝이쌀을 넣은 당산 시루와
정화수와 막걸리를 진설하고
다시 독경을 하고
당산 소지와 칠성 소지를 올린 다음 가족 소지를 살랐다
천장이 높은 대청마루에서는
대나무 가지로 만든 성줏대를 쌀통에 꽂고
성주신을 맞았고
뒤이어 제석신과 조상신을 맞아
또 독경을 하고 소지를 했다

밥과 국 세 그릇, 막걸리 세 잔과 떡 세 접시,

구운 생선과 삼색 나물, 과일과 정화수

어둠을 밝히는 촛불과 향을 피운

안채와 사랑채를 갈마들며

외할머니와 외숙모들은

연신 머리를 조아리고 허리를 숙이며

액운을 쫓고 발복을 비손했다

끝없이 이어지는 북소리와

지신경地神經, 칠성경七星經, 당산경堂山經 소리에

조왕신과 터주신과 문신門神과 성주신과 제석신과 조상신이

어우러져 소리 없이 흥성거리는 밤은 깊어가고

호기심 가득한 눈으로 숨죽여 살피던 아이들은

어느새 하나둘 스러져 쌕쌕 깊은 잠에 들었다

서리와 추위를 부르는 찬바람을 타고

늦가을과 초겨울 사이 어느 밤은 점점 깊어가고

제물들을 나누어 담은 바가지를

대문 앞 내전상에 올려놓자

쪽진머리 할매는 독경을 멈추고
벼락같이 대문을 향해 칼을 던졌다
칼끝이 문밖을 향하자
밤 깊도록 서성이며 비손하던
여인들의 얼굴이 환해졌다
늦은 밤 따뜻한 바닥에 화기애애하게 둘러앉아
고사 음식을 나누어 먹으며
추위에 언 고단한 몸과 허기를 달래자
멀리 새벽닭 우는 소리가 들리는 듯했다

이튿날 한낮이 지나고 나서야
외할아버지와 외삼촌들과 행랑채 일꾼들이 차례로
집에 돌아왔다

* 마르티나 도이힐러의 글 「안택고사」(『추억의 기록』, 김우영 옮김, 서울셀렉션, 2020)를 참고.

4부
나를 다시 일으켜 세울 이는
어디에 계신가요

입석立石

궁성도 전각도 없는 들판
무심히 흐르는 작은 물길을 사이에 두고
이쪽에는 당신을 닮은 내가
저 너머에는 날 닮은 당신이 있습니다
눈 오고
바람 불고
비 내려도
서로를 닮은 우리는 그렇게 바라만 보다
눈물처럼 뚝뚝 떨어지는
꽃잎을 실은 물줄기가
우리 사이를 적시고 흐르는
달빛 사무치는 어느 봄밤
나는 물길 건너 당신에게 가고
당신은 들길을 지나 내게 옵니다
그렇게 다시 우리는 마주보고
서로를 그리워합니다

우리는 그랬습니다

표정도 미동도 없이 그저 서 있을 수밖에 없는
눈과 코와 귀와 입이 닳고 해어진 어느 날
지쳐 쓰러져 흙더미에 파묻힌 당신과 나를
다시 일으켜 세울 이는 어디에 계신가요

돌탑을 걷는 산새

백담사 산문 밖 계곡 돌밭에 늘어선
수많은 돌탑들
평평하고 움푹하고 볼록하고 울퉁불퉁한
크고 작은 돌들의 중심을 아슬아슬하게 수습해
층층이 탑을 쌓은 무명의 사람들
그 마음의 풍경을 읽는다
웬만한 비바람은 꿋꿋이 버틸지라도
한여름 먹장구름 내려앉고 큰물 지나가면
와르르 무너지고 남김없이 쓸려 갔을 텐데
다 쓰러지고 무너진 그 자리에
더 넓게 더 높게 더 많이 다시 쌓는
쉼 없는 발걸음과 손길이 이룬 불멸의 역사役事

쌓고 허물어지면 다시 쌓은
무수한 돌탑들 사이를
뭇 생명들 크게 어우러진 세계의 먹이로 갔을
작지만 품 넓은 동안의 노승이 걸어간다
어느 날 산창을 열고
이 나무 저 나무 사이로 포롱포롱*

차안에서 피안으로 날아가 산새가 된

한 생을 하루처럼 살다가

산도 절도 부처도 다 내동댕이친 그처럼

그렇게 살고 싶은 간절하고 맑은 얼굴들이

어른어른 그를 따라간다

* 무산 조오현 스님의 시조 「산창을 열면」(『아득한 성자』, 시학, 2007)
  에서 인용.

눈사람

등 굽은 늙은 느티나무와
붉게 곰삭은 모전탑模甎塔이
천년을 지키는 천변 옛 절터
가늘고 성글게 내리던 포슬눈
어느새 굵은 눈꽃송이 되어 하늘 가득하다
날이 기울고 멀리 들짐승 소리 들린다
고즈넉한 쓸쓸함을 다 품을 것 같은
앙상하고 남루한 것들이
검푸른 빈 들에 가득하다

오늘밤
석등에 불 밝히고
함께 눈 맞는 소년이 있으니

아침이면
송이눈 뒤집어쓴
눈 맑은 눈사람 하나
붉은 돌탑을 끌어안고
우두커니 서 있을 것이다

빈 들에 숫눈 밟으며

아득한 시간을 건너와

켜켜이 쌓은 벽돌 모양의 돌

하나하나의 마음을 밤새 헤아렸을

어느새 늙은 소년이 된 그 사람

청계천

바람 찬 이른 아침, 인적 드문
모전교와 광통교 사이 어디에서
그림자처럼 떨어지지 않는 빈자리를 봅니다

더 이상 내 곁에 없는 당신,
들어갔던 길을 기억하지 못하기에
나오는 길 또한 알 수 없습니다

세상이 멈춘 듯 우두커니 서 있는
왜가리 한 마리 앞에 서서
당신과 함께 걷던 날들을 생각합니다

흐르는 것들은 모두 아무 일 없다는 듯이
가슴 속 깊이 고인 슬픔의 물꼬를 열어
조금씩 떠나보내는 실개천 같은 것인가 봅니다

올해 가을은 일찍 왔고 늦게까지 머물다 갔습니다

마음의 궁기

늦은 마음으로 당신 없는 빈집에 들었다
손길이 닿았던 자리마다 묵은 먼지를 닦아내고
겨우내 마당 수도를 동여매었던 헌옷가지도 벗겨냈다
저녁볕이 기울 무렵
새순 오르는 늙은 살구나무 그늘 아래에서
소찬으로 저녁을 먹고
조금씩 깊어가는 달 없는 밤
불빛 죽이고 창가를 서성인다
조금 이르게 꽃피운 산벚나무숲의
어미 잃은 새끼 고라니 울음소리에 실려
텅 빈 어둠 속으로
끝없이 밀려오고 맴도는
마음의 궁기
이제 더는 오는 이 없을 빈집에
다시금 사무치는
이 늦은 마음을 어떻게 할까
밤 깊으면 비를 몰고 오는 바람에
명자꽃 붉게 더 붉게 흔들릴 텐데

몇 번을 망설이다

손을 뻗어 처마 밑 전등불을 밝힌다

시들지 않는 꽃

편백나무와 비자나무 가득한
산사로 가는 숲길에서 나는
사철 시들지 않는 슬픔을
그 중심에서 피는 꽃들을 생각한다

진달래 가득할 때 꽃망울을 트는 산벚나무
벚꽃 만개할 때 꽃잎을 여는 배꽃
배꽃 무더기 솜이불처럼 펼쳐질 무렵
가지마다 연초록을 올리는 버드나무
절정에서 시작되는 슬픔은
꽃과 나무들의 이별 방식이다

내내 일찍 간 아버지를 그리워하던
누이를 멀리 보낸 날
나는 어느 먼 행성으로부터
은하계를 건너온 아이를 품에 안았다

슬픔이 강물처럼 굽이쳐 흐르는 날
인적 없는 산에 들어 나는

범종 소리 가득한 산사에 든 봄볕을 본다
대웅전 문살에 피어 시들지 않는 꽃을 본다
슬픔이 풍경이 되는 화첩을 본다

호랑가시나무숲에 대한 소고

얼마 전 이사한 집 거실에
호랑가시나무 한 그루를 들인 밤,
남쪽 바닷가 낮은 언덕
자생 호랑가시나무숲에 들었다

그 숲에서 우리는 다시 서로를 비껴갔다
붉은 노을을 안고
은빛으로 일렁이는 바다를 향해
숲 밖으로 나왔을 때 나는
가지마다 흰 꽃숭어리 가득했을 무렵
먼저 이 숲에 들었을
그 사람의 흔적을 보았다

먼 남쪽 바다엔 장맛비 내린다는데
하얀 꽃들을 다 떨군
어긋난 육각 이파리 각점마다
예리하게 돋은 가시들이 지키던
꽃은 가고 아직 열매는 오지 않은
빈 숲의 고요

그 사람 흔적만이 흥건하다

뾰족한 톱니 가시들
무성한 가지의 날카로운 발톱 되어
한발 늦게 오솔길에 든 가슴을
핏빛으로 물들여 주렁주렁
붉은 열매를 매달 것이다
그리고 서늘한 바람 들면
가장자리 작은 가시들
하나둘 모습을 감추고
내 몸통 깊은 곳에
굵은 가시 하나
옹이로 남을 것이다

나는 서툴다

먼 북쪽 산정 키 작은 나뭇가지
상고대는 아직 순백으로 반짝인다는데
겨울 가뭄으로 바닥을 드러낸
호수에 펼쳐진 초지
얼었던 계곡이 흘려보낸
하얀 물줄기 돌돌돌 흘러간다
습지를 가득 메우고 출렁거렸을
덜 삭은 억새와 갈대의 밑동을 적시고
초지를 가르며 사행한다
내 서툰 마음 너에게로 간다

설핏 해 기울고
정갈하게 비질한 오래된 절집 마당에
노승의 염불 소리 가득하다
인적 없는 빈산에 산그림자 들 무렵
나,
가슴 미어지게 보고 싶은 그 마음 되어
너에게 간다

보고 싶은 사람

우수가 지나더니
아직 2월 중순인데
봄물 흐르고
야윈 나무들 곧 새순을 올릴 듯하고
거리엔 봄기운 완연합니다

올해는 봄이 빨리 오려나 봅니다
보고 싶은 사람도
이렇게 빨리 왔으면 좋은 날입니다

달을 낳다

겨우내 몇 번의 혹한이 다녀갔지만
좀처럼 눈도 비도 내리지 않았다
나는 불 꺼진 빈집에 들어
남쪽 드넓은 들판의 험준한 바위산을 어림한다
다른 산들에 기대지 않고 홀로 서서
푸른 밤이면 가랑이 사이에서 달을 낳는
슬픔의 깊이를

나는 안다
거기서 멀지 않은 곳에
슬픔으로 가득한 지워지지 않는 바다와 포구가 있음을

나는 또한 안다
거친 수로를 맴돌던 바람 아직 잠들지 못하고
산정의 키 작은 나뭇가지 상고대는 꽁꽁 얼어 있음을

나는 기억한다
혹한 속에서도 강바닥부터 조금씩 물이 흘러 물길을
열고

흐르는 것은 모두 크고 작은 슬픔을 안고 간다는 것을

나는 손을 뻗어 속삭인다
처마 밑 붉은 등 바람에 흔들리는 밤이면
거친 산등성이에 꽃망울 조심스레 잎을 낼 것이라고

나는 또한 말할 것이다
그 무렵 늦은 마음으로
나 다시 너에게로 갈 것이라고

나비의 왈츠

푸른 풀밭 들꽃과 들꽃 사이
하얀 날개 나풀거리며
당신 곁을 맴도는 나비가 있다면
계속 따라다니다가
짐짓 멈춰 선 당신
가만 손 내밀 때
날개를 접고 슬그머니 내려앉는
나비가 있다면
나라고 생각해도 좋아
아니 그건 나야

지울 수 없는
그리움과 기다림의 날갯짓을 잠시 멈춘

수묵담채 水墨淡彩

봄날 이른 아침
자욱이 오른 농무
물에 잠긴 산자락의 경계를 지운다
밤새 물을 머금었을 버드나무들
밑동을 드러낸 덜 삭은 억새와 갈대들
병풍처럼 늘어선 바위 능선들
뿌옇게 사라져
강은 마침내 한 폭의 화선지가 된다

빈 종이 한편에 고요를 품은 바람이 든다
백로 한 마리 날개를 펴고
왜가리는 막 물을 차고 날아오르고
바위들 하나둘 검은 몸을 드러낸다
거룻배에 몸을 실은 어부는
반쯤 잠긴 뱃전을 흔들어 강을 깨우고
그물을 던진다
물은 산빛을
산은 하늘빛을
하늘은 물빛을 길어 올리는
나루터의 말간 수묵담채

정미소처럼 늙다

한약방 전파사 다방 싸전 농약사 줄지어 선
오래전 읍이었을 거리
손으로 쓴 옛 간판을 단 단층 건물들 사이에
껑충 솟은 오래된 정미소에서
지우고 또 지우고
비우고 다시 비우고도 남은 풍경을 본다

곡물 실은 트럭들 드나들고
사람들 북적거리고 흥성대며
심장박동처럼 피대를 쉼 없이 돌려
쌀과 보리를 찧고
더러는 떡 만들고 기름 짜던
마을 초입 혹은 마을 중심의 우뚝한 건물

환기구가 난 천장 위로
파란 하늘이 지나가고
후드득후드득 비 떨어지고
푹푹 소리 없이 눈 쌓이고
드나든 사람들 저마다의 사연 곰삭아

붉게 더 붉게 함석지붕은 녹슬었을 것이다

들판과 들판, 마을과 마을 그리고
사람과 사람을 잇는 장터 같았던 시절이 가고
기둥 사이에 진흙 바른 심벽에 실금이 가고
몸통이 휜 대들보 위로
풀풀 날리던 곡식 가루 켜켜이 내려앉아
투박하게 견딘 세월의 흔적으로 남아 있다

이제는 드문드문 찾는 등 굽은 사람들을 위해
털털거리는 목조 피대를 돌려
나락 한 섬 도정하고 쌀 두 되 받는
쇠락과 남루가 추억이 되는 생이지만
세월을 잠시 멈춰 세운 듯한 소읍의 정미소를 보며
그처럼 비우고 지우며 잘 늙고 싶다는 생각을 한다

옛 우체국 앞 자전거

바닷가 옛 우체국 앞

녹슬고 망가진 자전거 한 대

고단했을 한 생애가 멈추어 있다

빨간 우체통과 집하소에 잠시 머물다

차곡차곡 쌓인 사연들

은빛 부서지는 바큇살에 실려

육지에서 섬으로

섬에서 육지로

섬에서 섬으로

먼 곳에서 더 먼 곳으로

수없는 기다림과 기다림을 잇고 또 이었을

쉼 없이 돌고 구르고 달려온 그가

한 생을 갈무리하고 있다

파도 소리만 종일토록 들고 나는 포구를

붉게 더 붉게 물들이는 해 저물녘

생을 다한 것들을 품은 해송숲 그늘에

고즈넉이 몸 부린 그가

다시 누군가를 기다리고 있다

젊은 날

끝내 부치지 못한 편지를

내내 기다렸던 그 사람을

내 마음의 오지
— 다시 무건리武巾里에서

내 마음 가장 깊은 오지를 찾아 여름 숲에 들었다
한때는 가장 가까웠던 그와 오래전 함께 들었던
백두대간의 허리 가장 깊은 협곡
아슬아슬하게 이어지는 수직의 낭떠러지 길은
내 마음처럼 외롭고 멀고 위태롭다

거친 시멘트 포장 임도는 어느새
가파른 비포장 흙길로 바뀌고
이젠 터로만 남은 무건분교 앞에 잠시 멈추었다
그와 함께 왔을 무렵 폐교를 앞둔 적막한 쓸쓸함과
그보다 앞서 잠시 흥성했었을 시절을 어림한다
비탈이 험한 오솔길에 들어서도 나는
어수선하고 심란하여
마음의 갈피를 잡지 못하나
텅 빈 여름 숲은 고요하고 단정하다
노여움과 슬픔과 절망과 회한이 교차하는
경계에서 나는 몇 번을 멈춰 서서
푸른 그늘로 가득한 숲길을 뒤돌아본다

가장 외진 곳으로 간다는 것은
삭이고 삭인 마음 밑바닥을
툴툴 털어내는 것이라고
바람이 어깨를 토닥이며 지나간다
　이 길 끝에서 다시 그를 만날 수 있을까
　다시 그에게 손 내밀 수 있을까
　어느 먼 날 그도 내게 손 내밀까

초록 이끼 뒤덮인 바위틈 곳곳으로
차고 맑은 물줄기 거세게 쏟아져
용소龍沼에 들어 찰랑이다
내 마음 가장 깊은 오지에
잠시 멈추어 머물고 이내 순해진다
옥빛 물결과 비껴든 빛 한 줌으로
빈 숲이 차고 넘친다

그늘 깊은 너와집 뜨락에 볕 가득하겠다

양구에서

고요가 차고 넘치는
깊은 능선과 골짜기에 봄이 들면
사철 물 마르지 않는 수입천 물길 따라
두타연에서 파로호까지 걸어야겠다
강섶에 자생 물철쭉 수놓은 듯 가득한 봄날,
수입천은 흘러 산그림자 드리운 파로호 어디에서
북한강을 만난다는데
그 어느 길목에 지친 다리를 부리고 숨 고르다
금강산 기슭에서 발원하여
휴전선 품은 화천 어디에서 마침내
북한강이 된다는 금강천 줄기 찾아
두고 온 그의 옛사람들 안부 물어야겠다
무청 도려낸 무들 촘촘히 박혀 있는 겨울 들판과
시래기 주렁주렁 매단 지붕 낮은 집 처마 밑으로
무수히 들고 난 바람이 실어 온 말들과
들풀처럼 무성한 소문 또한 전해주어야겠다
수많은 내와 천과 강의 지류들
흐르고 합수하고 다시 흘러
마침내 큰 강이 되는 물머리에서

실어 온 이야기들에 귀 기울여야겠다

시간의 사막을 건너는 사람, 윤후명

그에게는 서늘한 모래바람 냄새가 난다
모두가 세상을 향해 달려 나간
거대한 담론과 이념의 시대에
달무리 진 밤하늘 아래 사자가 되어
아득히 먼 서역 사막을 홀로 건넌 사람

타박타박 돈황敦煌을,
터벅터벅 누란樓蘭을 지나
서걱거리는 별들의 하늘과 모래사막에
새 길을 내고
막막한 지평선이 된 사람
다시 타박타박 타클라마칸의 사구砂丘들을,
터벅터벅 천산天山산맥의 먼산주름을 넘어
만년설 산봉우리가 에워싼 고원 이식쿨호수에
하얀 배를 띄우고 마침내
말없이 껌벅이는 커다란 눈〔眼〕이 된 사람

멀리서 빛나는
그러나 수없는 상처를 보듬은 그는

오늘밤에도 차마 잠들지 못하고
시간의 사막을 쉼 없이 걸을 텐데
푸른빛의 땅에 도달할 수 있을까 그는
사이프러스나무 그늘 아래 '류다'를 찾을 수 있을까

행과 불행

한중 수교 15주년 기념 한중 작가 교류 행사를 마치고 잠시 짬을 내 둘러본 상해 예원豫園을 나설 때입니다 땅거미가 옅게 내리는 공터에 어디선가 한 떼의 여인들이 어깨에, 등에 둘러멘 물건들을 들고 짧지만 또렷한 한국어로 "세 개 백 위안"을 반복하며 일행을 따랐습니다 한눈에 봐도 허접한 짝퉁 명품 지갑들에 잠시 눈길을 주었다가 걸음을 옮기자 네 개, 다섯 개가 되더니 이내 "여섯 개 백 위안"이라고 합니다 중국 문학 번역가인 김태성 형이 여섯 개 백 위안이면 만 3천 원 정도인데 기념품 값도 안 된다며 관심을 표합니다 귀가 얇은 나는 서둘러 백 위안을 치르고 검은 비닐봉지에 담은 '명품 지갑'을 넘겨받았습니다

그런데 같이 걷던 후배 신문기자가 관심의 눈길을 주며 걸음을 옮기자 여인은 그를 따라 바투 걸으며 "일곱 개 백 위안"이라고 흥정에 들어갑니다 그가 눈길을 거두지 않고 천천히 걸음을 옮길 때마다 아홉 개가 열 개가 되고 열한 개가 됩니다 조금 전 여섯 개에 백 위안을 치른 나는 뭔가 따져보려 했지만 여인은 거래가 끝났다는 듯이 손사래를 치며 그만 종종 따르더니 "열두 개 만 원"

이라고 크게 소리를 높였고 마침내 거래가 성사되었습니다 불과 1분여 사이에 벌어진 어마어마한 일에 잠시 눈앞이 캄캄해지더니 성급함에 대한 자책과 불행이 밀려왔습니다

상한 마음으로 버스에 올라 비닐봉지를 좌석에 던지듯 내려놓는데 먼저 앉아 있던 소설가 김원일 선생이 묻습니다 "니 그거 세 개에 백 위안 주고 산 거 맞제? 나도 그래 샀다 아이가……"

잠시 침묵이 흐른 다음 조금 전 상심은 간데없고 그나마 다행이라는 위로에 이어 행복이 차례로 밀려왔습니다 그게 뭐라고

먼 풍경

수백 년을 살아온 나무는
제 몸의 가지가 어디로 뻗을지 알지 못한다
수천 년을 흐르는 강 또한
물길이 어디로 나고 어디로 흘러갈지 모른다
가지가 어디로 뻗든
물길이 어디로 나든
그것은 중요하지 않다
가지마다 초록이 오르고 꽃이 만개하고
물길 닿는 곳마다 생명이 움트는
나무와 강이 품고 빚어내는
먼 풍경이 아름다운 것이다

나도 내가 어떻게 뻗어 어디로 가게 될지 모른다
하여 그것들이 빚어낼 훗날의 풍경 또한
서둘러 예단하지 않으려다

사람–풍경의 고현학

우찬제
(문학평론가)

1. '시대의 정거장'에서

여로의 시인들이 있다. 길을 나서 정처 없이 배회하거나, 예기치 않게 목적지를 잃거나, 혹은 가까스로 탐색지에 도달하거나, 어쨌든 그 길 위에서 만난 사람들, 접한 풍경들, 시린 사연들, 슬픈 감상들이 시의 중핵적인 원형질이 되는 시인들이 있다. 길을 떠나지 않았을 때는 평범한 시민처럼 보였던 이들이 길 떠난 여정에서 비범한 시인이 되는 사례를 우리는 적잖이 발견한다. 먼먼 옛날에 목마 전술로 트로이에 승리할 때까지 오디세우스의 길은 전쟁 영웅의 길이었지만, 그 후 고향 이타카로 돌아가기 위해 겪어야 했던 온갖 고난과 그 고

난 풀이의 여정은 서사시적 영웅의 길에 가깝다. 물론 영웅서사시의 시절은 이미 오래전에 종언했고, 특히 근대 이후 시적 여정은 매우 비루하고 한없이 낮은 자리에서 가까스로 수행되는 경향이 짙은 게 사실이다. 곽효환도 그런 길의 수행성으로 시적 창안의 에피파니를 발견하고 시적 지속의 에너지를 저작하는 시인에 속한다. 2010년에 출간된 두번째 시집 『지도에 없는 집』(문학과지성사) 뒤표지 글에서 그는 자신의 시적 원천으로 길 위에서 만난 사람들, 그 "서사의 풍경"을 언급한 바 있다. 임시정부 수립 60주년을 맞아 그 길을 되짚어 "상해에서부터 가흥, 항주, 무한, 남경을 거쳐 중경에 이르기까지 '청년 백범'과 임시정부의 흔적을 좇는" 여정에서 "참 많이 울었다"라고 했다. "고통의 연속인 칠흑 같은 길을 선택한 용기도 놀라웠지만 내일을 기약할 수 없는 쫓기는 피난길에서도 사랑을 하고, 아이를 낳고, 토굴에 웅크려 떨면서도 누군가를 기다리고, 편지를 쓰고, 일기를 남긴 앞서 간 사람들. 그 슬픈 그늘을 보며 어느새 중년이 된 나이도 잊은 채 어른거리며 흘러내리는 눈물을 훔치기 바빴다. 엉엉 울고 싶었고 때론 울기도 했다"는 그는 "그들이, 그 삶들이 시라고 믿는다".

그래서일까. 그는 종종, 아니 자주 '시대의 정거장'에서 서성거리며 시름에 젖거나 그 풍경을 가슴에 새긴다. 가령 스탈린의 강제 이주 정책에 따라 1937년 9

월부터 12월 사이에 연해주에 거주하던 고려인 약 18만 명이 중앙아시아로 쫓겨 가야 했던 시린 역사가 있었는데, 1937년 9월 10일 저녁 8시 15분 고려인을 실은 열차가 출발한 것으로 알려진 남우수리스크 라즈돌노예역에 간 시인의 초상은 이렇다. "기적 소리 어둠 속에 아득히 멀어진다/가난하고 슬프고 시름 많은 삶을/억척스럽지만 어질게 산 사람들은/그렇게 가고 그 잔상도 마침내 사라진다/희미하게 비껴들던 붉은빛 스러진/빈 역사 바람벽에 기대어 나는/홀로 우두커니 서 있다"(「라즈돌노예역에서」). 이 장면은 곽효환 시가 탄생하는 원형적 풍경에 속한다. "홀로 우두커니 서 있다"라고 했다. "빈 역사 바람벽"에 기대어 기적 소리 아득히 멀어진 잔상을 음미하며, 그 역사를 들고 난 "가난하고 슬프고 시름 많은 삶"을 기억하고 반추한다. 1937년 9월 라즈돌노예역의 크로노토프는 21세기 라즈돌노예역이라는 오늘의 크로노토프와 대화하면서 옛 사연을 더욱 곡진하게 환기하고 돌올하게 부각한다. "홀로 우두커니" 서서 성찰한 결과다. 이런 모습을 우리는 여러 시편에서 확인한다. "늦은 마음으로 당신 없는 빈집에 들"어 "불빛 죽이고 창가를 서성"(「마음의 궁기」)이는가 하면, "우체국과 성당을 오가며 나는/날이 저물도록 누군가를 기다렸을/때론 노랗고 때론 붉었을 사람을 생각"(「우체국과 성당」)하기도 한다. 그렇게 홀로 우두커니 서서, 서성이며, 생각하는, 시인은 열린 마음으로 이렇게 다짐한다.

> 그 어느 길목에 지친 다리를 부리고 숨 고르다
> 금강산 기슭에서 발원하여
> 휴전선 품은 화천 어디에서 마침내
> 북한강이 된다는 금강천 줄기 찾아
> 두고 온 그의 옛사람들 안부 물어야겠다
> 무청 도려낸 무들 촘촘히 박혀 있는 겨울 들판과
> 시래기 주렁주렁 매단 지붕 낮은 집 처마 밑으로
> 무수히 들고 난 바람이 실어 온 말들과
> 들풀처럼 무성한 소문 또한 전해주어야겠다
> 수많은 내와 천과 강의 지류들
> 흐르고 합수하고 다시 흘러
> 마침내 큰 강이 되는 물머리에서
> 실어 온 이야기들에 귀 기울여야겠다
>
> ─「양구에서」 부분

　양구에 가서 시인은 그 지역의 풍경과 사연을 복합적으로 성찰한다. 눈에 보이는 물결에서 보이지 않는 물줄기와 그 원천을 헤아리고, 겨울 들판의 들리는 바람 소리에서 들리지 않는 사연과 사정을 속귀에 담는다. 그러니까 시인에게 풍경은 공간적 평면이 아니라 시간적·입체적이다. 시간을 두고 그 공간에서 과거 현재 미래의 사람들이 어떻게 살았고 풍경이 어떻게 달라졌으며, 그것이 그 공간의 역사성을 어떻게 구성하는지 성찰한다. 그러기에 공간 풍경은 곧 풍경의 이야기가 된다. 이렇게 풍경이 이야기가 되는 과정을 우리는 이 시에서 확인하게 된다. 시에 제시된 순서를 조금 바꾸어 "이야기들에 귀 기울여야겠다" "옛사람들 안부 물어야겠다" "바람이 실어 온 말들과/들풀처럼 무성한 소문 또한 전해주어야겠다"라는 세 구절의 수행적 의지를 주목해보자. 먼저 타인과 세상이 내 안으로 깊이 들어올 수 있도록 마음을 열고 허심탄회하게 귀 기울이는 환대와 수용이 있다. 내 기준으로 재단하지 않고, 내 틀로 차단하지 않으며, 겸손하게 받아들인다. 물머리에서 발원하여 흐르다가 다른 물들과 합수하고 다시 흘러온 소리의 내력들에 귀 기울인다고 하지 않았던가. 귀 기울이기 위해 시인의 발걸음이 찾아 나선 곳의 동선도 무척 역동적이다. 멀리는 만주와 시베리아를 넘는 북방 공간이나 베트남 등 남방 공간까지, 가까이는 그의 오랜 근무처 인근이었던 광화문이나 청계천까지 오감을 열어 놓은 시인의 발걸음은 넓고 깊게 파노라마처럼 펼쳐진다. 걷다가 때때로 '시대의 정거장'이나 '시대의 강가'에 머물며 서성거리고 귀 기울인다. 그렇게 귀 기울이다 보면 그 찻길과 물길의 내력에 관련되었던 사람들의 안부가 궁금해지는 것은 차라리 자연스럽다. 그래서 시인은 안부를 물어야겠다고 말한다. 소극적 수용 단계를 넘어서 적극적 회통과 그것을 위한 다가서기의 의지적 발화다. 그러다 보면 사연 많은 말들을 채록하게 되고 이런저런 소문들을 접하게 되는데, 그것들을 가로지르면 사람살이의 다채로운 풍경첩을 마련하게 된다. 그렇게 마련한 '사람-풍경'을 독자에게 전해주어야겠다는 것. 이것이 바로 시인 곽효환의 시적 의지이고, 그 결실이 바로 이 시집이다.

2. 시베리아 횡단열차와 북방의 서사

먼저 '시대의 정거장'에서 시베리아 횡단열차를 타기로 한다. 블라디보스토크에서 하바롭스크, 울란우데, 이르쿠츠크, 카잔을 거쳐 모스크바까지 9,288킬로미터에 달하는 시베리아 횡단열차에 시인이 탑승한 것은 이미 『슬픔의 뼈대』(문학과지성사, 2014) 시절부터다. 바이칼호로 가는 열차의 차창에 시인은 "아득한 시절"의 자신을 비추어 본다. "북방의 산과 강과 짐승과 나무와 친구들이 붙들던/그 말들을 그 아쉬움을 그 울음을 뒤로하고/먼 앞대로 더 먼 앞대로 내려온/아득한 옛 하늘 옛날의 나를 찾아가는 길"(「시베리아 횡단열차 1」) 같은 대목에서 일목요연하듯, 시베리아 횡단열차에서 시인은 자기 발견과 성찰의 여정을 우선 수행한다. 「시베리아 횡단열차 2」에서는 관심을 원심력적으로 확산한다. "하늘 아래 가장 광활한 평원 시베리아/녹슨 철로에 몸을 실은 사람들"에 관심을 갖는다. "이 강을 이 산을 이 황야를 그리고 이 길을/얼마나 많은 사람들이 건너고 넘었을까" 같은 질문을 넘어 "징용이었을까 독립이었을까 혹은 혁명이었을까"를 탐문한다. 횡단열차 차창 너머의 풍경이 아니라 열차를 탄 사람들의 사연과 행적, 그러니까 사람의 풍경에 더 관심을 보인다. 다시 이어지는 신작 시집의 시베리아 횡단열차 여정에서 시인은, 그 관심을 더욱 구체화하면서 그 사람들의 운명을 더 사려 깊게 헤아린다. "기구한 삶을 이어나가기 위해/가족을 위해 더러는/독립과 민족과 자유를 위해/강을 건너고 산을 넘어/다시 더 멀고 더 깊은 대륙 저편으로/갔다가 돌아온 혹은 끝내 돌아오지 못한/그을린 붉은 얼굴들"(「시베리아 횡단열차 3」)을, 그 속사정을, 시간 여행과 우주여행을 통해 살피고자 한다. 그러면서 그 사람-풍경의 이면에서 "검은 그림자들"을 투시한다. 어쩔 수 없이 열차를 탔건, 무언가를 욕망해서 탑승했건, 많은 이가 그 뜻을 제대로 이루지 못한 채 천형처럼 붉은 벌판에서 사라졌을지도 모를 그 운명을 아파한다. 한없는 연민으로 인해 시인은 "먹먹한 슬픔과 울음으로 삼키는 잠들지 못하는 밤"을 보낼 수밖에 없다. 잠 못 이루는 횡단열차의 밤 풍경에는 종종 "엇갈리고 갈라지는 운명의 그림자가 어른거린다"(「시베리아 횡단열차 4」). 검은 운명의 그림자는 오랜 시간의 적층을 두고 긴 여정에 걸쳐 "검붉은 파노라마"(「시베리아 횡단열차 3」)처럼 형성된다.

> 우랄산맥을 지나 예니세이강을 건너
> 마침내 얼지 않는 항구까지
> 먼 서쪽에서부터 원동을
> 유령처럼 오고 가는
> 시베리아 횡단열차의 궤도는
> 과거와 현재와 미래의 꼬리를 물고 있다
> ──「시베리아 횡단열차 4」 부분

"과거와 현재와 미래의 꼬리를 물고 있다"는 시행에 머물러보자. 시베리아 횡단열차는 지구 둘레의 1/4에 해당하는 공간 이동 경로이기도 하지만, 시차가 일곱 번이나 바뀌는 시간 여로이기도 하다. 단순히 시차의 문제만이 아니라 언제 어디서 어떤 사람이 탑승했느냐에 따라 열차와 풍경과 운명은 달라질 수밖에 없다. 그러니까 시간의 깊이가 환기하는 곡진한 사연들을 열차는 꼬리에 꼬리를 물며 연출한다. 곽효환 시에서 이야기성이 두드러지는 것도 이런 사정과 관련된다. 시베리아 횡단열차의 크로노토프는 각별한 이야기들을 묘출하기 좋은 특성을 함축한다. 굳이 횡단열차가 아니더라도 곽효환이 이제껏 점묘했던 북방의 풍경들은 대개 이야기로 독자에게 전달되는 경우가 많았다. 「만선열차」역시 북방의 서사를 탐문하는 곽효환 시인의 핵심적 특성을 함축하고 있는 시편이다.

옛사람을 찾아가는 북방의 길

긴긴 여름날도 기울어

안개 같은 어둠에 싸인 장춘역

먼 곳으로부터 왔을 밤 기차는

만주에서 더 깊은 만주로 혹은

어느 먼 변방으로 천천히 흘러간다

창밖으로 끝없이 펼쳐진 벌판

하나둘 불 밝히기 시작한

지붕 낮은 집들의 그림자 흐려지고

오래전 싸늘한 만선열차에 올라

철도가 닿는 만주 어디쯤 머물거나 살았을

어린 송아지의 눈을 가진 사람들을 생각한다

북으로 북만으로 다시 북새北塞로

거기서 다시 북동이나 북서로

더러는 더 멀리 흩어진 붉은 길에

허기처럼 밀려오는 이름들을 차례로 불러본다

염상섭 안수길 이육사 백석 윤동주 송몽규

그리고 순이 혹은 월이라고 부른

그리운 무명의 사람들

늘 봄이고자 했던 북만의 도시

그러나 끝내 봄이 아니었던

지워지지 않는 그늘과 슬픔이 차창에 맺혀

북만을 가르는 열차에 실려간다

—「만선열차」전문

　만선열차를 타고 "옛사람을 찾아가는 북방의 길"에
서 시인은 "허기처럼 밀려오는 이름들을 차례로 불러
본다". 이를테면 "염상섭 안수길 이육사 백석 윤동주 송
몽규" 등 알려진 이름들도 불러보고, "어린 송아지의 눈
을 가진 사람들", "순이 혹은 월이라고" 불리었거나 아
예 변변한 이름을 지닐 수 없었던 "무명의 사람들"을 떠
올린다. 어느 장소에 가든 거기서 풍경을 형성했던 사
람들을 호출하는 것은 곽효환의 시적 발상의 어떤 특징
이다. 「여기서부터 만주다」에서도 "오늘밤 나는/대륙을
경계 지으며 사행하는 강줄기를 타고 놀다/앞서 이 강
과 벌판을 건넌 사람들을 차례로 불러낼 것"이라고 했
다. 그런데 시인은 가능하면 한없이 낮은 숨결로 작은

사람들을 불러낸다. 이름 높은 사람들은 시인의 서정으로 호출하기에 그리 마땅한 편이 아니다. 시인은 대개 「만선열차」에서 그런 것처럼, "늘 봄이고자 했"지만 "끝내 봄이 아니었던" "북만의 도시"에서 불러보는 이름들, 특히 "무명의 사람들"을 불러내어 하염없이 추념한다. 끝내 봄이 아니었기에 그늘이 짙고 슬픔도 첩첩하다. 그런 그늘과 슬픔이 맺힌 만선열차의 차창은 곧 서사적 서정의 원천이 된다. 왜 "어린 송아지의 눈을 가진 사람들"은 끝내 봄을 맞을 수 없었던 것일까, 왜 그들은 그토록 외롭고 쓸쓸하게 살아야만 했을까, 그런 질문들을 거듭한다. 영국 노스요크셔주 버러브리지 홀Boroubridge Hall 출신의 지리학자이자 여행 작가인 이사벨라 버드 비숍Isabella Bird Bishop(1831~1904)에 대한 시인의 관심 또한 그런 질문들의 공통점 때문일 터이다. 『Korea and Her Neighbours(조선과 그 이웃 나라들)』(1898), 『The Yangtze Valley and Beyond(양자강을 가로질러 중국을 보다)』(1899) 등에서 비숍은 "비루하지만 어마어마한 삶을/기이하고 지루하지만 아름다운 풍경을/단단한 흑백의 투명함으로 담아"냈다고 시인은 생각한다. 그런 "그녀가 거슬러 올라간 그 물길"을 시인 또한 함께 가고자 욕망한다. "소박하지만 아득히 먼 기원,/탁하고 유장하지만 거침없이 굽이치는 물줄기,/장강에서 당신과 함께 혹은 당신을 찾아/나는 다시 격류할 것"(「장강에서 버드 비숍을 만나다」)이라며, 여로에서 사람-풍경의 서사를 일군 비숍의 길과 동행하려는 시적 의지를 보인다. 비숍 뿐만 아니라 곽효환 시의 북방 의식에 원천을 제공한 이용악이나 김동환, 백석 등을 인유引喩하면서 북방 서사의 넓이와 깊이를 확보하려는 수사학적 고려 또한 관심의 대상이다.

3. 사람-풍경과 슬픈 그림자

「지신허地新墟 마을에서 최운보崔運寶를 만나다」는 북방 서사의 사람-풍경을 재현하기 위해 시인이 얼마나 성실하게 애쓰는가를 보여준 단적인 사례다. 1863년 12월 함경북도 무산 출신 최운보와 경흥 출신 양응범梁應範이 열세 가구의 농민과 더불어 연해주 포시예트 구역에 지신허 마을을 개척하고 조선인으로서는 처음으로 영구 정착한 이야기를 재현한 시편이다. 시적 화자의 묘사 부분과 시적 대상인 최운보의 직접 발화 부분이 교차 반복되는 가운데 최운보의 목소리를 생생하게 재현하기 위해 시인은 함경도 육진 지역 방언을 사려 깊게 참조하여 리듬감 있게 형상화했다. 시베리아 횡단열차나 만선열차에서 불러보고자 했던 "어린 송아지의 눈을 가진 사람들"(「만선열차」)의 이야기에 해당한다.

나는 조선에서 건너온 첫번째 아라사 먹킹이요. 굶주
림과 호위를 피해 두만갠을 건넜지만 나와 아바이와 큰
아바이의 고향은 북관이고 내 가슴엔 여전히 고된 조선
의 피가 뜨겁게 흐르오만 목숨을 걸고 다시 뿌리내린 이
곳이 나의 새로운 고향이오. 이제 내가 살던 집과 마랑은
사라지고 그 흔적마저 아슝쿠레하지만 나는 떠날 수 없
소. 수없이 울고 슬퍼하고 좌절하면서도 더러는 웃고 지
뻐하고 또 실오래기 같은 희망을 찾아 떠난 이곳을 들고
나고 거쳐 간 먹킹이들의 아프고 슬픈 력사를, 그 기억을
지키기 위해.

　　　—「지신허地新墟 마을에서 최운보崔運寶를 만나다」 부분

허기와 굶주림을 피해 19세기에 북방으로 간 "슬픈
력사"가 그 무렵에 마무리되었으면 얼마나 좋았을까?
21세기에도 여전히 이어지는 "슬픈 력사"에 시인은 심
각한 애도의 정념을 보인다. 가령「죽음을 건너 죽음으
로」는 "굶주림을 피해 사선을 넘은 지 10년 만에 쌀이
남아도는 나라의 수도 변두리 아파트에서" 아사한 탈북
모자의 사연을 곡진하게 담은 텍스트다. "북에서는 굶
어 죽을 뻔하고/남에서는 끝내 굶어 죽은/극심한 생활
고와 외로움과 고립감에 시달리며/누구의 관심도 받지
못했던 그녀와 아이"의 죽음을 애도하는 "탈북민들만

이 지키는/아사 탈북 모자 추모 분향소"에서 시인은 생
각한다. "그녀가 두려움에 떨며 강을 건넜을 북쪽의 그
밤을/아이와 무서움 속에 울며 보냈을 남쪽의 마지막
밤을".

「아무르강의 붉은 꽃」과 「김알렉산드라 소전小傳」은
조선인 최초의 볼셰비키로 1910년대 원동 시베리아에
서 활동했던 여성 혁명가 김 알렉산드라 페트로브나,
그 "강인해서 아름다운 북관의 여인"(「아무르강의 붉은
꽃」)의 34년 짧은 생애를 압축적으로 제시한 시편이다.
그녀가 넘어서고자 한 불평등의 질곡을 여전히 해소하
지 못한 까닭일까. 김알렉산드라 이후 오랜 시간이 지
났건만, 여전히 사람들이 죽어나가고, 그러기에 애도의
주제는 좀처럼 그칠 줄 모른다. "세월이 흘러도 대통령
이 바뀌어도/OECD 가입국이 되고 국민소득 3만 달러
를 넘었어도/멈출 줄 모르는 죽음의 행렬 앞에/죽음의
그늘로 어두워져가는 텅 빈 광장에서"(「날마다 사람이
죽는다」) 시인은 그만 길을 잃고 만다. 「아무도 쓰지 않
은 부고」 「위로할 수 없는 슬픔」 등 동시대를 배경으로
한 여러 시편이 애도의 주제로 착색된 것은 그만큼 시
인의 비극적 현실 인식이 곡진하다는 사실을 환기한다.
사람만 죽어가는 게 아니다. 나무가 죽어가고 다른 생
명 있는 것들도 죽어가고 있음을 시인은 안타까워한다.
"푸르다 못해 검푸르게 더 검푸르게/사철 하늘을 떠받

치던 바늘잎나무들이/쓰러지고 꺾이고 주저앉아 있다/깊고 단단하게 뿌리 내리지 못한/그늘 깊은 슬픈 그림자/어른거리며 점점 더 몰려든다"(「나무가 죽어간다」). "살아온 기적도 살아갈 기적도 없이/그렇게 죽"(「8분 46초」)어가는 살풍경이 여전한 가운데 시인은, "슬픔에 감염되고 슬픔을 통해 연대"(「우리는 다시 만날 것이다」)하면서 "제 몸에서 토해낸 슬픔이 다 마른 날"(「바람을 견디는 힘」)을 기다린다.

버드 비숍의 관심과 동행하면서 창작한 것으로 보이는 「잔교棧橋」 「작은 배에서 사는 사람들」 「강의 견부들 1」 「강의 견부들 2」 「호아虎牙 협곡」 등에서 보이는 사람-풍경도 어지간하다. "하늘 가장 가까운 까마득한 절벽 위 잔교"를 축성한 "그을린 검은 얼굴들"(「잔교棧橋」), "늙고 병든 몸을 외로운 조각배에 의지해 표박하다/끝내 몸 들일 작은 집 한 칸 마련 못 한/쓸쓸하고 외롭고 불우했던 물 위의 삶"(「작은 배에서 사는 사람들」)의 풍경, 이제는 책이나 박물관에 흑백사진으로만 남아 있지만 불과 한 세기 전까지만 하더라도 "석탄과 면화와 양털과 사향 등 수많은 물자와 문명을 대륙 가장 깊은 곳에서부터 드넓은 하구에 이르기까지 실어 나른 붉은 황색 강 곳곳"(「강의 견부들 2」)의 견부들 이야기 역시 풍경을 조성하는 것은 사람의 사연과 숨결 혹은 사람과 사람 사이의 교감이나 신호임을 암시한다.

「넘버 스리」는 1969년 7월 20일 인류 최초로 달 탐사에 성공한 아폴로 11호에 탑승했던 세 사람 중 선장 닐 암스트롱과 탐사선 조종사 버즈 올드린이 달의 표면을 밟는 동안 사령선에 남아 지구와의 교신을 맡았던 조종사 마이클 콜린스의 서사다. 동행했던 둘과는 달리 끝내 달을 밟지 못한 그가 홀로 사령선에 남아 달의 궤도를 돌아야 했던 21시간 39분 동안의 이야기를 초점화한다.

　그날 그 시간 그곳엔 나와 신만이 있었어요
　무선통신마저 끊어진 암흑 속 48분 동안
　무슨 일이 있었는지 또한 나와 신만의 비밀이에요

　[……]

　나는 지구에서는 볼 수 없는 달의 뒤편을 맨 처음 홀로
보았어요
　우주선 창을 가득 채운 초록 별을 가슴에 온전히 담았
어요
　그리고 달과 지구 사이에서 두 별을 나 혼자 바라볼 수
있었지요
　　　　　　　　　　　　　　　　　　　　　　—「넘버 스리」부분

21시간 39분은 우주적 고독의 고통을 홀로 감당하기

에는 결코 짧지 않은 시간이다. 게다가 그중 48분은 통신마저 두절된 상태였다. 오로지 "나와 신만이 있"는 그런 시간에 처해야 했던 사람의 내면 풍경에 시인은 몰입한다. 그 절대 고독의 순간에 역설적으로 그는 지구에서는 볼 수 없는 달의 뒤편을 홀로 볼 수 있었고, 달과 지구 사이에서 두 별을 혼자 바라볼 수 있었다는 승화된 감각 전환의 풍경이 인상적이다.

제40대 우루과이 대통령 호세 알베르토 무히카 코르다노José Alberto Mujica Cordano(「그라시아스 페페」), 인도차이나의 작고 왜소한 식민지 청년에서 민족 독립과 해방의 전사로 성장한 호찌민〔胡志明〕(「아무것도 갖지 않음으로써 모든 것을 얻은 사람」), 1963년 6월 독재 정권의 종교 탄압에 항거하여 사이공 시내에서 소신공양하여 응오딘지엠 독재 정권을 무너뜨리는 데 기여한 베트남 승려 틱꽝득Thích Quảng Đức(「영원한 심장」)의 이야기에서도 사람-풍경에 관심을 집중하는 시인의 개성을 넉넉하게 확인할 수 있다. 비극적 현실 인식을 바탕으로 한없이 낮은 자리로 강림할 때 죽음의 풍경은 심원한 애도의 주제를 묘출한다. 반면 죽임의 현실을 거슬러 살림의 생기를 지향할 때 사람은 꽃으로 해맑게 피어날 수도 있다. 「정글 마을에 핀 꽃」이 그런 예다. 소나기가 지나간 정글 마을을 방문한 시인은 "맑은 눈동자, 천진한 표정, 호기심 가득한 얼굴들"이 무리 지어 꽃으로 활짝 피어나는 풍경을 보게 된다. 이렇게 꽃으로 피어난 사람–풍경은 더 나아가 공생의 풍경으로 확산된다. 사람과 물고기, 곤충과 산호초, 악어와 새와 원숭이 등 모든 존재하는 생명들이 함께 어울려 사는 "숲의 기적" 혹은 그 "기적을 넘어선 생명의 요람"(「호흡뿌리」)의 풍경에 시인은 한없이 이끌린다. 죽음과 애도의 주제가 그 슬픈 그림자에서 벗어나 승화된 살림과 생명의 풍경이기 때문이다.

> 폭탄과 고엽제가 무수히 쏟아졌던
> 메콩강 하구 껀저섬,
> 단지 숨을 쉬기 위해 땅 밖으로 뻗은
> 나무들의 호흡뿌리 사이사이에
> 어느 날 지의류가 움트더니
> 방게 바위게 꽃게 무리가 모습을 드러냈다
> 수많은 조개류가 들고 언제부터인가
> 민물과 해수 물고기들 산란하고
> 치어들이 자라기 시작했다
> 곤충과 산호초와 악어가 들고 마침내
> 새와 원숭이와 사람들이 함께 사는
> 숲의 기적
> 죽음과 폐허의 참혹한 그림자를 거둬내고
> 앙상하지만 단단한 나무들이 이룬

기적을 넘어선 생명의 요람을 본다

　　　　　　　　　　　　　　—「호흡뿌리」 부분

4. 검은 그림자, 누구를 기다리는 것일까?

　그러나 안타깝게도 "기적을 넘어선 생명의 요람"의 풍경보다는 "사철 시들지 않는 슬픔" "절정에서 시작되는 슬픔", 그런 "슬픔이 풍경이 되는 화첩"(「시들지 않는 꽃」)이 아직은 우세종이다. 소망하는 미륵은 "아직 오지 않"았고 "어쩌면 끝내 오지 않을" 수도 있다. 여전히 미륵을 기다리는 "뭇사람들의 그림자"(「미륵을 기다리며」)만 깊게 드리워져 있을 따름이다. 어두운 그림자는, 그래서 더욱 간절하게 기다린다. "다시 누군가를 기다리"(「옛 우체국 앞 자전거」)는 사람, "나 다시 너에게로 갈 것이라고"(「달을 낳다」) 말하는 사람, "가장 외진 곳으로" 나아가 "이 길 끝에서 다시 그를 만날 수 있을까/다시 그에게 손 내밀 수 있을까/어느 먼 날 그도 내게 손 내밀까"(「내 마음의 오지―다시 무건리武巾里에서」) 조바심하는 사람의 그림자는 아직 검다. 미륵하생의 그날이 아직 멀기만 한 까닭일까? 이런 간절한 기다림의 소망, 혹은 존재와 욕망 사이의 거리를 극적으로 환기하는 작품으로 「입석立石」이 주목된다.

궁성도 전각도 없는 들판

무심히 흐르는 작은 물길을 사이에 두고

이쪽에는 당신을 닮은 내가

저 너머에는 날 닮은 당신이 있습니다

눈 오고

바람 불고

비 내려도

서로를 닮은 우리는 그렇게 바라만 보다

눈물처럼 뚝뚝 떨어지는

꽃잎을 실은 물줄기가

우리 사이를 적시고 흐르는

달빛 사무치는 어느 봄밤

나는 물길 건너 당신에게 가고

당신은 들길을 지나 내게 옵니다

그렇게 다시 우리는 마주보고

서로를 그리워합니다

우리는 그랬습니다

표정도 미동도 없이 그저 서 있을 수밖에 없는

눈과 코와 귀와 입이 닳고 해어진 어느 날

지쳐 쓰러져 흙더미에 파묻힌 당신과 나를

다시 일으켜 세울 이는 어디에 계신가요

—「입석立石」 전문

　　세 개의 연으로 이루어진 「입석立石」에서 1행으로 짜인 2연은 1연과 3연의 대조를 위한 반사거울 같은 역할을 하고 있다. 1연에서 마주 서 있는 입석은 서로 마주 보며 그리워했던 사이다. 서로를 닮았고 서로를 그리워하고 서로에게 이끌리지만 가까이 갈 수 없기에 그 그리움은 더욱 더해졌을 것이다. 다가가고 싶지만 다가설 수 없는 이 불가능성의 현존, 결여의 욕망은 물길을 사이에 두고 그리움의 심연을 더하게 하는 요인이었으리라. 1연이 현재 시제로 진술되다가 돌연 2연에서 과거 시제로 전환되면서 1연 전체가 현재에서 과거로 뒷걸음질한다. 바로 지금이 아닌 과거의 현재 시점에서 서로 마주 보고 서 있었다는 것인데, 이런 시제 변화 혹은 시차時差의 수사학적 전략에 의해 시적 긴장은 고조된다. 과연 3연을 보면 시적 현재에는 입석立石이 아닌 와석臥石의 상태다. 2연으로 인해 과거가 된 1연에서는 비록 다가설 수는 없었지만 그래도 마주 바라보며 교감하고 그리워하던 터였는데, 3연의 현재에서는 마주 바라볼 수도 없는 상황이 된 것이다. 그러니 "다시 일으켜 세울 이는 어디에 계신가요"라는 물음은 무척 절실할 수밖에 없다. 이 점에서 「미륵을 기다리며」 속 검은 그림자의

절박함과 비슷하다. 이런 절실함, 절박함이 시인으로 하여금 죽음과 애도의 주제를 더 깊이 탐문하게 한다. 미륵을 기다리게 한다. 미륵하생이 끊임없이 차연되는 가운데 소망의 풍경은 다만 먼 풍경일 따름이다. 앞에서 본 「호흡뿌리」처럼 "가지마다 초록이 오르고 꽃이 만개하고/물길 닿는 곳마다 생명이 움트는/나무와 강이 품고 빚어내는" "아름다운" 풍경을 시인은 "먼 풍경"(「먼 풍경」)으로 그리고 있는데, 동시대의 살풍경에 대한 비극적 인식이 이런 거리화를 조성한 것이리라. 미륵하생의 먼 풍경이 미끄러지는 가운데, 그럼에도 사람은 살아야 하고 "다음 도착하여야 할 시대의 정거장"(「중국 조선족애국시인 윤동주」)을 지향하지 않을 수 없다. 어떻게 기다리며 그리로 나아가야 할까? '먼 풍경'과 달리 '가까운 풍경'은 "수척한 빈산 노거수 그늘" 같은 결여의 풍경이다. 거기에 들어 "소리 없이 울다 간 사람"의 "비어 있으나 차 있는 혹은/차고 비고 또 차고 비는"(「소리 없이 울다 간 사람」) 내면을 떠올리고, 그에 공감하며, 우주적 연민으로 심화되기를 소망하는 윤리 감각이 그 일환이 될 것이다. 시인 곽효환은 그런 내면 윤리를 견지하며 소망스러운 사람−풍경의 지평을 응시한다. 그 지평에서 지금, 여기의 문제에 대한 발견적 질문들로 구성된 여로의 텍스트들이 복합적으로 변형·생성된다. ▨